中公新書 2412



小川軽舟著

# 俳句と暮らす

中央公論新社刊

# はじめに

毎日のように歩く見慣れた町並みに、ある日ぽっかりと更地ができている。昨日通った時には気づかなかったが、すでにきれいに整地されていて、そこにあったはずのものは跡形もない。そして、見慣れた町並みだったというのに、昨日までそこに何があったのか、思い出そうとしても思い出せない。

私たちの記憶とはそのようなものではないか。目にするものすべてを克明に意識していては暮らして行けない。見慣れたと言いながら適当に忘れているのである。その忘れている部分を隠されてみると、それが何だったか思い出せない。しかし、まったく忘れているわけではない。何かのきっかけがあれば思い出せる。喩《たと》えて言うならば、そのきっかけになる言葉が俳句なのだと私は考えている。

金盥《かなだらい》傾け干すや白木槿《しろむくげ》　軽舟

ここが更地になる前には、玄関の脇に木槿があって、毎年夏から秋にかけて次々に白い花を咲かせていたのだ。残暑厳しいある日、玄関の傍らの塀《へい》に立てかけて金盥が干してあった。その情景をきっかけに、私の記憶は息づき始める。

ずいぶん昔からそこにあるらしい眼医者だった。私は診てもらったことがないし、人が出入りするところも見かけない静かな眼医者だった。金盥は昔なつかしい古風なものだったが、その眼医者の玄関先にはよく似合っていた。目立たない眼医者だったのに、更地になって初めて意外なほど広い地所だったことに気づく。間もなくここにはマンションが建ち、新しい住民を迎えることになるらしい。彼らは木槿のことなど知る由《よし》もない。

私の俳句はその眼医者をことさら丹念に描写したものではない。しかし、この句の言葉をいとぐちにして、私はそこにあった眼医者をありありと思い出すことができる。きっかけさえ与えてやれば、記憶は隅々まで像を結ぶ。他方でこの句からまったく別の記憶を呼び覚まされる読者もいるだろう。それは例えば今はもうこの世に存在しない読者の実家の情景かもしれない。作者の私が知らない読者の実家の記憶が、私の俳句によって読者の頭の中に甦《よみがえ》るのである。

俳句とは記憶の抽斗《ひきだし》を開ける鍵《かぎ》のようなものだ。読者がそれぞれの抽斗を開けてそこに見出すものは同じではない。俳句が引き出す情景は作者が頭に思い浮かべていた情景に限定されない。読者それぞれの抽斗が引かれればそれでよいのだ。

たった五七五、十七音しかない俳句が豊かな内容を持ち得るのは、このように読者が脳裏《のうり》に収めているさまざまな情景を思い出すという過程を内包しているからである。五七五に限定された言葉が直接指し示すものの情報量はわずかだが、それをきっかけに引き出される読者の記憶の情報量は限りを知らない。

見慣れた町並みにぽっかり空いた更地は、日記をつけ忘れた一日に似ている。忙しくて日記を何日かつけ忘れた。思い出して書こうとするのだが、ほんの数日前のことなのに何があったか思い出せない。特別な出来事があった日は事細かく思い出せるが、何もなかった日、日常そのものだった日のことは思い出せない。

それは見慣れた町並みにできた更地を前にするように私を心許ない気持ちにさせる。思い出せないからどうでもよい一日なのだと割り切ればそれでよいのだが、何か大事なものを失くしたような気分になる。

俳句はそのようにして忘れ去っていく日常のなんでもない日の記憶を甦らせてくれるもの

である。

鶏《けい》頭《とう》や洗濯物の袖《そで》雫《しずく》

庭に鶏頭が真っ赤な花を掲げて立っている。その傍らの物干竿《ものほしざお》に洗ったばかりのシャツが干してある。金盥で手洗いしたので袖からぽたぽたと雫が垂れている。秋の日差しがその雫を光らせる。私は縁側に腰をかけてぼんやりそれを眺めている。

何月何日と日付のつくような出来事ではない。しかし、この句から私はなんでもない秋の一日を、まるでそのひんやりした空気の匂いを胸に吸い込むように思い出すことができる。そして、この句がうまくできていれば、この句を読んだ読者にも、読者の歩んできた人生のある一日を甦らせることができる。忘れてしまって困るような一日ではない。しかし、その一日を私たちはある充実感をもって生きていたのである。それが日常というものだ。私はそんな日常を大切にしたいと考える。

読者の皆さんは俳句というものにどんなイメージをお持ちだろうか。

夏草や兵《つわもの》どもが夢の跡　　芭蕉

菜の花や月は東に日は西に　蕪村
我と来て遊べや親のない雀《すずめ》　一茶

松尾芭蕉《まつおばしょう》のように漂泊《ひょうはく》の詩人として歴史と自然と人間を詠《うた》いあげるものだろうか。画家でもあった与謝蕪村《よさぶそん》のように理想の美を追い求めるものだろうか。小林一茶《こばやしいっさ》のように弱い者への共感をユーモラスに示すものだろうか。

そのどれもがもちろん俳句である。しかし、それと同時に、俳句はもっと私たちの日常に身近に寄り添ってくれるものでもある。

この本の題名を『俳句と暮らす』としてみた。「俳句と暮らす」というのは私自身の実感である。俳句は日々の生活から離れた趣味の世界としてあるものではない。日々の生活とともにあって、それを大切な思い出に変えてくれるものである。そして、その思い出は私だけのものではない。俳句とは思い出を共有することができる仕組みなのである。

私はこの本を通して「俳句と暮らす」生活を読者の皆さんに提案してみたい。日記をつけ忘れた一日のように忘れて支障のないものをことさら思い出す必要はないと考える人には、俳句は必要ないと私は思う。そのようななんでもない一日もまた自分の生きた証だと考える人には、俳句はその一日の意味を教えてくれるはずである。

俳句と暮らす　目次

# 俳句と暮らす

飯を作る

# 1

レタス買へば毎朝レタスわが四月

私が単身赴任を始めて四年余りになる。

私は俳人ではあるが、普通のサラリーマンでもある。東京に本店のある金融機関に三十年間勤め、そこから鉄道会社に転出した。

日本の銀行は職員が五十歳を過ぎたあたりから取引先や関係会社に順次出してしまう。銀行で一生勤めあげる者はほとんどいないというのが現実である。私の場合はその行き先が大阪に本社のある鉄道会社だった。二人の子どもは東京の学校に通っていたので、私が単身赴任することは自然な流れであった。

単身赴任の生活を始めると、自分の飯は自分で用意しなければならない。時間になると「ご飯よ」と呼んでくれる妻はいない。自分で作るにせよ、外食するにせよ、弁当で済ませるにせよ、すべて自分で決めなければならない。

晩飯は馴染《なじ》みの小料理屋で一杯やりながら——私が抱《いだ》いていた単身赴任のイメージはこれである。気さくな女将《おかみ》とたわいない会話を楽しみながら季節の魚の造りなど二、三品でビールを一罎《びん》、お銚子を一本、それから茶漬で腹を落ち着かせていい気持ちになって帰る。しかし、四年経って振り返ると、私はこんな晩飯を一度も実践していない。それが日常では食費が馬鹿にならないし、毎晩酔っぱらって帰っては家で俳句の仕事ができないのだ。

かといってこの年になって晩飯を牛丼やラーメンやコンビニ弁当ばかりで済ますのは寂しい。私は食通というには程遠いが、自分の身分に相応のうまいものを食べることが楽しみな食いしん坊ではある。私が何より幸せを感じるのは、豊かに湯気の立ち上る炊《た》き立てのご飯を頬張《ほおば》る時だ。一日の満足感はその瞬間を持てるかどうかで左右されると言っても大袈裟《おおげさ》ではない。自炊という結論が出るのも、これまた自然な流れであった。

単身赴任で自炊の生活と聞くと鰥夫《やもめ》暮らしの侘《わび》しさを想像されるかもしれない。しかし、実際に始めてみると、今まで気づかなかったささやかな発見が毎日のようにあって、日常生活が新鮮に見えることとこのうえない。

私は結婚して二十年余り、基本的に台所には入らなかった。独身時代に面白半分で買った菜切庖丁《なきりぼうちょう》と出刃《でば》庖丁は妻に譲った。専業主婦の妻は結婚してから次第に料理が上手《うま》くなり、私の好みも心得てくれたから何の不自由もなかった。台所に入る必要がなかったのである。

しかし、単身赴任を機に私は台所に立つことになった。私は料理を趣味とする者ではない。「男の料理」という言葉が私は今一つ苦手である。本格的な料理をふるまうことのできる男性を尊敬はするが、自分がそうなろうとは思わない。私の料理はもっぱら自分の日常生活において自分の好きなものを食べるためのものである。私の教科書はベターホームの『お料理一年生』一冊だけだ。あとは自分の食べたいように工夫する。めずらしい食材でも店で聞いたりインターネットで調べたりすれば食べ方はわかる。男の料理も女の料理もない。私の料理があるだけだ。

この生活を新鮮に感じることができるのは、俳句をやっていたおかげだと思う。食材には旬がある。だからほとんどの食材は季語である。料理もその多くが季語になっている。歳時記を見れば何がどの季節の季語かはわかる。知識はそれでまかなえる。しかし、食材を求めて自分で店に足を運び、実際に台所に立たなければ、それがなぜその季節の季語なのかを実感できなかったというものがたくさんある。私もそうだったが、俳句を始めた人は異口同音に季節を迎えるのが楽しくなったと言う。そして台所に立つようになると、季節との出会いが今までよりさらに新鮮に感じられるようになったのだ。

例えば、若布《わかめ》はいつの季語かご存知だろうか。歳時記を見れば、若布は春の季語だと知ることはできる。しかし、妻の作る豆腐と若布の味噌汁《みそしる》を啜《すす》っているだけでは、ああ、春が来た、と感じることもない。塩蔵若布や乾燥若布を使っていれば自分で料理をしていても同じだろう。

大阪に勤め、神戸に住む私の生活圏において、食材の調達の場はデパートの地下の食品売場か地元のスーパー（「いかりスーパー」か「コープこうべ」）である。関西は食材が豊かだと思う。野菜も果物も魚介類も季節に応じて新鮮な地物が並ぶ。今晩は何を食べようかと会社帰りに売場を見て回る。

春先になると魚売場に近くの海から揚がったばかりの若布が出回ることに気づく。一パックせいぜい二百円くらい。そういえば若布は春の季語だなと思って買って帰る。暗澹《あんたん》としたどす黒い色をしていてお世辞にもうまそうには見えないが、これが鍋に沸騰《ふっとう》した湯に投じたとたんに目の覚めるようなきれいな緑色になる。立春を過ぎてもまだ寒い台所で、春が来たなあ、と感動する瞬間だ。さっと湯掻《ゆが》いたら、あとはそのまま醬油《しょうゆ》をかけてもよし、味噌汁に入れてもよし、茎《くき》の部分は刻んで胡麻油《ごまあぶら》で炒めてもよし。

こうして台所は私にとって季語の最も季語らしい姿を発見する場になった。

私の一日は晩飯に炊き立ての飯を頬張るための炊飯器のセットから始まる。白米も好きだけれど、単身赴任先では健康を考えて玄米を炊くことが多くなった。特に新米の時の玄米は緑色を帯びていて、いかにも新米だという気分になる。その日の予定を確認し、家に帰り着ける時間の三十分後に炊き上がるように予約して出勤する。だから私は当日急に誘われても飲みに行かない。やむを得ない社用で帰宅時間が遅れると、誰もいない家で炊き上がってしまったご飯を思って会議室で臍《ほぞ》をかむ。

自炊は面倒だと思う人も少なくないだろう。実際のところ面倒は面倒である。妻のいる家族の家に帰るとなんて楽なんだろうと思う。面倒が高じて自炊が嫌になってしまわないように、私にはいくつか心がけていることがある。

(1) 食材に興味を持つこと

新鮮な食材をシンプルに調理したものが簡単でおいしい。まずは食材に興味を持つことである。幸いにも関西は食材に恵まれている。とりわけ明石や淡路から届く魚のおいしさは東京にいては知り得ないものだ。旬の魚の刺身を買って帰るのがいちばん手っ取り早いおかずである。それでも刺身のよさを堪能《たんのう》するために、山葵《わさび》だけは贅沢《ぜいたく》をして自分ですりおろす。八百円の刺身のために千二百円の山葵を買うのは躊躇《ちゅうちょ》がないわけではないが、山葵は端から必要なだけすってまた冷蔵庫にしまっておけば一か月は楽しめる。これも単身赴任の経験である。

煮付けも覚えてしまえば簡単だ。春になると明石の桜鯛が売場に並ぶ。桜鯛とは春になって産卵期を控えた真鯛のこと。あざやかな桜色をして上品な脂が乗っている。明石の鯛は値段も張るが、売場の隅で粗《あら》を見つけたら幸運である。刺身と違って値段も安く、しかもうまいのである。いそいそと買って帰り、鍋に落《おと》し蓋《ぶた》をして、酒と醤油と味醂《みりん》だけでシンプルに煮付ける。頭の隅々の身をせせり、骨をしゃぶり、目玉をちゅるちゅる吸う。

私はいわゆる惣菜は買わないことにしている。どんな簡単な食べ方でもよいから材料から作った方がよい。惣菜を買っていては食材への興味が薄れ、必ず食べ飽きてしまう。それなら外食でも同じではないか。わざわざ自炊する意味がないのだ。

（2）材料を買い過ぎないこと

料理の本のレシピ通りにいろいろな種類の材料を揃《そろ》えようとすると、一人暮らしには過大な食材を買い込むことになる。大根、人参、牛蒡《ごぼう》、椎茸《しいたけ》、蒟蒻《こんにゃく》などとレシピに並んでいても、その中からこれと決めて絞り込む。

冷蔵庫にいつ買ったかわからない野菜がたまりだすと、それを食べきることだけで頭がいっぱいになってうんざりする。結局は多くの食材を生ごみにしてしまうことになる。かといって、おひとり様用に各種の野菜を切り刻んでパックしたものを買うのは御免蒙《こうむ》る。切ってしまったら鮮度が早く落ちるし、何より食材とまっすぐ向き合う感動がなくなる。

レタス買へば毎朝レタスわが四月　　軽舟

レタスはレタス。覚悟を決めてまるまる一個買うのが王道だ。

（3）洗い物を増やさないこと

料理を張り切ると食べ終わった後の洗い物が増える。食器は一人分だからたかが知れているのだが、鍋、フライパン、ボウル、笊《ざる》といった調理用具を洗うのはけっこう面倒くさい。それで私は、火を使う料理は一回の食事に一品限りと決めている。おかずが刺身なら味噌汁を作るが、煮付を作るなら味噌汁は我慢して焙《ほう》じ茶で済ます。

さて、帰宅してから炊飯器の炊き上がりまでは三十分である。だから食事の支度も三十分以内だ。

ちょうど山口に住む俳句仲間から銘酒「獺祭《だっさい》」の出来立ての酒粕を送ってもらってある。炙《あぶ》って醬油を垂らしてもうまいし、味噌漉《こ》しで溶いて砂糖を加え甘酒にしても香り高い。この酒粕を使えば粕汁もさぞかしうまいだろう。

会社帰りに買った材料は、ムニエル用の生鮭の切り身一切れ、葉のみずみずしい大根一本、よい油を使っているから油抜き不要と書いてある油揚げ一枚。油揚げの油抜きは洗い物が増えて面倒なので信じることにする。

帰ったらすぐに小鍋に水を張り、昆布を一切れ入れる。沸騰したらいちょう切りにした大根、次いでぶつ切りの鮭、刻んだ油揚げと大根の葉を入れる。煮えあがったところで酒粕を溶き入れ、最後に味噌で味をととのえて火を止めたら出来上がり。炊飯器がちょうど炊き上がりの電子音を鳴らす。

出来立ての粕汁、炊き立てのご飯、副菜に梅干か塩昆布。自分を誉めてやりたい気持ちが昂《たかぶ》るせいか、これまでどこで食べた粕汁よりうまい。

粕汁にあたたまりゆく命あり　　桂郎

粕汁を啜って目を瞑《つむ》るとこんな句が頭をよぎる。作者の石川桂郎《いしかわけいろう》（明治四十二年〜昭和五十年）は石田波郷《いしだはきょう》門の市井派俳人。東京に生まれて父の理髪師を継ぎ、俳句を石田波郷、小説を横光利一《よこみつりいち》に師事した。一句の主人公は常に「われ」でなければならないと説いた波郷の弟子たちの作品は「境涯俳句」と呼ばれ、作者自身を題材にした私小説的傾向が強い。この句も食道癌《しょくどうがん》に侵されて闘病中であることが背景にあっての「あたたまりゆく命」なのだが、幸い健康な私も単身赴任先の寓居《ぐうきょ》でしみじみと「あたたまりゆく命」を感じる。桂郎の境涯の刻まれたこの句は、桂郎の境涯を離れて、私自身の今この時を思い出させてくれる句ともなるのである。

粕汁は冬の季語である。暖房の乏しい日本家屋では身体のあたたまる粕汁は何よりのご馳走だったことだろう。新酒を絞ったばかりの新鮮な酒粕が出回るのも冬である。その点でも粕汁は冬にふさわしい料理なのだ。鮭の切り身の代わりに鮭缶を使ってもよい。缶詰の汁も鍋に入れてやるとコクが出る。鮭缶の買い置きさえあれば、買物に行けなくても冷蔵庫の残り野菜で手軽に作れる。

台所に立って四季の移り変わりとともにある日常を味わう。今や台所は私の俳句にとっても大切な舞台の一つになった。

春めくや水《みず》切《きり》籠《かご》に皿二枚　　軽舟

＊

「台所俳句」という言葉がある。

俳句の世界はもともと男性中心だった。これは和歌と比べると歴然としている。和歌には古代からすぐれた女性の作者が生まれた。漢詩が男性のものであったのに対して、知性と教養を備えた女性は和歌に向かった。額田王《ぬかたのおおきみ》、小野小町《おののこまち》、和泉式部《いずみしきぶ》、式子内親王《しょくしないしんのう》などすぐれた女性歌人は枚挙にいとまがない。それに対して俳句は、松尾芭蕉の門人も大半は男性であり、女性がまったくいないわけではないが例外的な存在だった。

近代になっても、短歌が与謝野晶子《よさのあきこ》を筆頭にいち早く女性の進出を見たのに対して、俳句の世界では女性がなかなか活躍できなかった。俳句に近代の夜明けをもたらした正岡子規《まさおかしき》の周囲を見渡しても、作者はことごとく男性である。

近代俳句の歴史を振り返ると、正岡子規が俳句革新を進めた後を受けて俳句を国民的な文芸として根づかせたのは、子規の弟子だった高浜虚子《たかはまきょし》の功績である。虚子は子規グループが明治三十年に創刊した雑誌「ホトトギス」の経営を引き継ぎ、夏目漱石《なつめそうせき》の「吾輩は猫である」を世に送り出して文芸誌としての成功を収めたのち、明治の終わり頃からは「雑詠《ざつえい》」と呼ぶ投句欄を充実させて俳句雑誌としての発展を遂げた。「ホトトギス」の雑詠が大正から昭和にかけてすぐれた俳人を多数輩出し、現在に至る俳句の隆盛の原動力になったことは間違いない。

ところが雑詠の投句者も当初は男性ばかりだった。そこで虚子は女性にも俳句を作らせてみることを思い立つ。自分の妻子にも趣味教育を施そうという趣旨だったが、女性は家事に専念するのが当然という当時の社会常識の中では開明的な発想であり、虚子が思い立たなければ女性俳人の登場はずっと遅れたことだろう。現在では俳句人口の過半を女性が占めている。虚子の先見の明が今日の俳句の世界の土台を築いたと言えるのである。

虚子は家族や身の回りの女性たちに俳句を作らせながら、やがて「ホトトギス」に「台所雑詠」の欄を設けた。大正五年のことである。文字通り「台所に関するものを題とせる句を募る」というもので、具体的な題が次のように例示されている。

「たとへば台所、鍋、七りん、俎板《まないた》、水甕《みずがめ》、庖丁、芋《いも》、味噌、鯛、鼠《ねずみ》、猫、犬、灰神楽《はいかぐら》、煮こぼれ、居眠り、下働き、お三、の類」

これを見ると当時の台所の様子がうかがえる。まだガスや水道の通っていない家がほとんどだったのだろう。それだけに女性にとっては多くの時間を費やさざるを得ない暮らしの中心だった。「居眠り、下働き、お三」というあたりに時代が見える。「お三」とは飯炊きの女中のことである。

この台所雑詠から台所俳句という言葉が生まれる。台所俳句とはすなわち女性が自分たちの日常を俳句に詠《よ》むということに他ならなかったのだ。

「ホトトギス」に設けられたそのような門戸をくぐって頭角を現した俳人の一人が杉田久女《すぎたひさじょ》（明治二十三年〜昭和二十一年）である。久女は台所雑詠の熱心な投句者となり、やがて男性作者にまじって「雑詠」欄でも活躍するようになる。

仮名かきうみし子にそらまめをむかせけり　久女

これは大正七年の作品だから台所俳句の黎明期《れいめいき》のものと言ってよいだろう。久女は女学校を卒業後、美術学校出身の中学教師と結婚して北九州の小倉に住んだ。

この句は穏やかな台所俳句である。書き方の宿題に飽きてしまった子に、空豆《そらまめ》を剝《む》くのを手伝わせているらしい。ごつごつした大きな莢《さや》を剝くときれいな薄緑色の豆が現れる。子が空豆を剝く傍らで、久女は慌しく夕餉《ゆうげ》の支度にかかっているのだろう。母と子の当たり前に過ぎてゆく毎日の中のささやかな一齣《ひとこま》だが、後になって思えば大切な時間だったと気づかされるようなひと時。自分の幼少時の記憶と重ね合わせて母をなつかしむ読者も、あるいは子育ての記憶をたどって素直だった我が子をいとおしく思い出す読者も多いことだろう。

しかし、久女のほとばしる才気は、彼女を台所俳句の枠に収まらせはしなかった。大正八年に代表作として知られる「花衣《はなごろも》ぬぐやまつはる紐《ひも》いろ〳〵」を発表して絢爛《けんらん》たる作風を花開かせると、やがて大正十一年には次の句を詠んだ。

足袋《たび》つぐやノラともならず教師妻

足袋は本来防寒のためのものであり冬の季語である。穴の開いた足袋を繕《つくろ》うのは当時の主婦の日常だろう。しかし、「ノラともならず教師妻」は、その平凡な日常にけっして満足しない才媛《さいえん》の心の叫びである。ノラはイプセンの戯曲『人形の家』のヒロインであり、女性の自立の象徴であった。久女は芸術家の妻となることを夢見ているのに夫は田舎《いなか》教師の地位に甘んじている。しかし、その夫を、この家を、捨てて出ることもかなわず足袋を繕っている。久女はノラにはならなかったが、この句を詠んだことでもはや台所俳句の人ではなくなっていた。

そのような久女に対して、台所俳句に疑いを差しはさまず、主婦の日常を詠い通した俳人が中村汀女《なかむらていじょ》（明治三十三年〜昭和六十三年）である。汀女は熊本の女学校を出て大蔵官僚の妻になった。虚子に師事して俳句を本格的に作り始めるのは、まだ子育ての最中だった三十歳過ぎからである。

秋雨《あきさめ》の瓦斯《ガス》が飛びつく燐寸《マッチ》かな　　汀女

これは昭和十年の作品。外では冷ややかな秋の雨が降る仄暗《ほのぐら》い台所で、ガスコンロに青い炎が揃う。都市部の台所は竈《かまど》の時代からガスの時代に移りつつあった。台所雑詠の最初の例題からうかがわれる台所とは様変わりだ。苦労して薪《まき》や炭を焚《た》かなくても簡単に煮炊きの火が得られるガスの便利さは、主婦たちに感嘆をもって迎えられたことだろう。

マッチを擦《す》って点《つ》けるガスコンロは私も覚えている。東京ガスのホームページによれば自動点火コンロの販売開始は昭和三十二年だそうだが、昭和三十六年生まれの私が子どもの頃は、まだマッチを擦ってガスに火をつけていた。親の留守にチキンラーメンを食べようとして恐る恐るマッチを擦りガスコンロの栓を緩めて火を近づける。ガスの火はまさにマッチの火に飛びつくようにして点いた。思わず手を引っ込めた記憶がなつかしい。

虚子の貼った台所俳句というレッテルに反発するかそれを受け入れるかで久女と汀女の俳人としての道のりは分かれた。久女は自らの高い理想を追求しようとしながら我《が》の強さを虚子に疎まれて「ホトトギス」同人を除名され、失意のうちに五十五歳で死んだ。汀女は「あはれ子の夜寒の床の引けば寄る」など妻として、母としての日常生活の哀歓を詠い、昭和を代表する俳人として活躍を続け八十八歳まで生きた。

太平洋戦争が終わり、女性の参政権が認められて民主主義の時代を迎えると、今度は台所俳句が軽んじて見られがちになった。昭和十年生まれの宇多喜代子《うだきよこ》は、昭和三十年代に入って句会に出始めた頃、男性が女性に対して「こんな台所俳句ではだめだ」と叱責するのを聞いたという。宇多も台所俳句と謗《そし》られないような俳句を作らねばと気負った。ちょうどその当時は「社会性俳句」が勃興し、俳句も社会の問題を扱うべきだという気運が高まっていた。女性の平凡な日常を詠う台所俳句は肩身が狭かったのだ。

それでもやはり台所は女性にとって大切な暮らしの場であり、台所俳句は詠み継がれてきた。

春の雪青菜をゆでてゐたる間も　綾子
朝ざくら家族の数の卵割り　由美子
切り口のざくざく増えて韮《にら》にほふ　絵理子

細見綾子《ほそみあやこ》（明治四十年〜平成九年）は「そら豆はまことに青き味したり」など普段の暮らしの中で直観的に感じたことを平明な言葉で表現する俳人だった。女子大を卒業して結婚したものの間もなく夫と死別、帰郷して病臥《びょうが》しつつ俳句を作り始めた。戦後に再婚した相手は社会性俳句の旗手として知られる俳人沢木欣一《さわききんいち》だったが、綾子は変わらず日常の身辺をみずみずしく詠み続けた。ここに挙げた句は老境に入った昭和五十年の作品。朝から春の雪が降り続いている。春の雪がもたらす何かしらはなやいだ気分の中で、青菜を茹《ゆ》でるという日常が鮮やかな色彩とともに浮かび上がる。

片山由美子《かたやまゆみこ》（昭和二十七年〜）、津川絵理子《つがわえりこ》（昭和四十三年〜）の作品はいずれも平成以後の現代の俳句だ。朝食のために家族の数だけ卵を割る。家族が揃って朝食の食卓を囲めるという当たり前の幸福が、ボウルに割られていく卵の明るさに表れている。よく切れる庖丁で韮の束をざくざく刻む。みるみる増える切り口の数に比例するように韮の香りが広がる。由美子の句も絵理子の句も、どちらも使いやすく整頓《せいとん》された台所で手際よく炊事が進むのが目に見えるようだ。ここが自分の居場所なのだという安心感が健やかに詠われている。

三句とも人生の特別な場面ではない。何気なく過ぎてゆく日常そのものなのだが、俳句に書き留められた瞬間にそれは大切なものとして残される。その場面がいつどこのものだったかを忘れても、その場面を充実して生きていた事実は俳句によって甦る。

これらの俳句は、もう女性が台所に押し込められていた時代とは違う時代の俳句なのだと思わせる。久女が抗《あらが》い、汀女が肯《うべな》った「台所俳句」というレッテルの是非から自由になった時代の台所俳句だと言えるだろう。

＊

男子厨房《ちゅうぼう》に入らず。

男子たる者、女の居場所である台所などうろつくものではないという戒めである。しかし、男が専ら外で働いて稼ぎ、女は主婦として専ら家事を担うという役割分担は、今やほころびだらけになっている。時代は変わったのだ。男子といえども、さまざまな事情で厨房に入らなければならなくなった。

これは核家族が当たり前になったこととも関係しているだろう。大家族であれば世代をまたがって女性同士が家事を助け合えた。しかし、核家族になると、子どもが家を出たあとに残されるのは老夫婦だけ。もしも妻が先に寝たきりにでもなれば、夫が飯を作らなければ生きていけない。人口減少を背景に女性も社会で活躍することが促される時代である。夫婦共働きになれば料理は妻の仕事だなどと一方的に押しつけることはできない。そして私のように単身赴任となれば自分が食うために否応なしに台所に立たざるを得ない。事情はさまざまであっても、男子が厨房に入ることはごく普通の日常になったのだ。

ところが、男性による台所俳句はまだまだ成果が乏しいように思う。虚子が「ホトトギス」に設けた「台所雑詠」は「投句者婦人に限る」と断りがついていた。これは女性に成りすまして男性が投句することを禁じる趣旨だった。そもそも男性が台所で俳句を作るということが想像しにくい時代だったのである。そうした意識が今も底流にあって男の台所俳句が増えないのだろう。しかし、今や私にとっても台所は重要な生活の場である。それが俳句の題材になって悪いはずはない。そうでなければ、今の私の存在の一部が欠けてしまう気がするのだ。

オムレツが上手に焼けて落葉かな　時彦

男子厨房に入らずの戒めをいち早く破って台所に創作の題材を求めた俳人が草間時彦《くさまときひこ》（大正九年～平成十五年）である。時彦はサラリーマンだったが、共働きでもなく、単身赴任をしたわけでもなく、妻を介護するといった事情があったわけでもない。ただ、食いしん坊だったためついつい台所に入ってしまったらしい。私が男の台所俳句の先輩として私淑《ししゅく》するのは、この時彦である。

さて、この句、オムレツが上手に焼けたとはさすが台所俳句の先輩である。私は素材の風味を生かしたシンプルな調理が好きだ。卵とバターと塩胡椒《こしょう》少々だけで勝負が決まるオムレッなどその典型と言えるのだが、これが簡単ではない。ホテルの朝食会場でコックがオムレツを焼いてくれるのを見ていると、フライパンを傾けて柄をとんとん叩《たた》くだけで卵がいともたやすくきれいな紡錘形《ぼうすいけい》になり、しかも薄皮一枚に包まれた中身は半熟という焼き上がりになっている。私は残念ながら今もってそんな美しいプレーンオムレツを作ることができない。

「オムレツのコツは、一つは使いこんだフライパンを使うこと。二つは上等で新鮮なバターをたっぷり」

時彦は「さるシェフの言葉」をこう紹介している。時彦が推奨するバターはカルピスの特選バターだが、これは私も毎朝のトーストに使っている。一箱買ってくると小分けにして冷凍し、いつも新鮮な状態を保っている。バターは合格のはずだ。

フライパンは単身赴任に当たって妻が買ってくれたフランスのティファール社製。テフロン加工がしてあるので焦《こ》げ付かないが、使いこんで油のなじんだフライパンとは勝手が違う。それにこれ一つで炒飯でも何でもこなさなければいけないから一人分のオムレツ作りには大きい。コレステロール値を気にしてオムレツの卵は一個で我慢しようとするからなおさらである。弘法筆を選ばずだとがんばってみても、満足のいく出来には程遠い。だから「オムレツが上手に焼けて」と言われると羨望《せんぼう》を禁じ得ない。

ところで、俳句に馴染みのない読者には、この句の「落葉かな」がわかりにくいかもしれない。「オムレツが上手に焼けて」と「落葉かな」は意味の上ではつながっていない。「上手に焼けて」で軽く切って、ちなみに窓の外は落葉の季節ですよ、という感じで季語の落葉を添えているのだ。こうした作り方を俳句では「取り合わせ」または「配合」と呼んでいる。二つのものを取り合わせることによって、広がりと奥行きのある情景を読者に想像してもらうのである。

先に挙げた「朝ざくら家族の数の卵割り」も取り合わせである。「家族の数の卵割り」という場面に、朝咲いている桜を指す朝桜という季語を取り合わせることで、家族の朝食の支度らしいな、夫に転勤はなかったようだ、子どもたちは新学期だろうか、などと読者は自分の経験を引き寄せながら想像を膨らませていく。この取り合わせの手法は五七五の短い詩型が豊かな内容を得るためにとても重要な働きをするのである。

時彦のオムレツの句の取り合わせからはどんな想像が広がるだろうか。落葉の降る冷たい空気にバターの甘い香りが広がっていくことが連想されないか。冬を迎えた戸外の枯色に対してオムレツの色が一層明るく照り映えるように思われないか。

時彦は実はオムレツは失敗に終わったと書いている。あわやというところで崩れてぐちゃぐちゃになってしまった。えい、面倒くさいと掻き回してスクランブルエッグにしてしまった。――これもまた台所俳句の先輩の愛すべきところだ。

老《おい》の春なにか食べたくうろうろす

食いしん坊が年を取ればこういうことになるらしい。「老の春」は俳句独特の言い方だが、老いて迎える正月のことである。雑煮《ぞうに》やお節《せち》に飽きて小腹が空くと、何か別のものが食べたくなる。「うろうろす」に老いた食いしん坊のあわれがある。気がつくと台所に足が向いて冷蔵庫や戸棚を覗《のぞ》きこんでいる。私もいつかこんな老いを迎えるのだろうか。

秋刀魚《さんま》焼く死ぬのがこはい日なりけり

時彦の最後の句集に入っている句である。この頃の時彦は「梶《かじ》の葉にぴんぴんころり願ひけり」などとユーモラスに詠んで死に対する恬淡《てんたん》とした態度を示している。梶の葉に願い事を書くのは七夕《たなばた》の習わしである。昨日までぴんぴんしていたのがある日ころりと死ぬ。自分は苦しまず、人には苦労をかけない。そんなふうに死にたい。

しかし、うまそうな秋刀魚を焼いていると急に死ぬのが怖くなる。もしもこれが最後の秋刀魚だったら、と思うと命が惜しくなるのだ。

菜箸で卵をほぐしながら、私もふとこれが最後のオムレツだったらと考える。悔いは残すまい、そう念じながら、フライパンを傾けて柄をとんとんと叩く。

# 2

# 会社で働く

サラリーマンあと十年か更衣

サラリーマンあと十年か更衣《ころもがえ》　　軽舟

サラリーマンあと十年か――この句を作ったのは平成二十四年、私が五十一歳のときだった。大学を卒業してサラリーマンになり、もう三十年近く経っていた。定年の六十歳まで働くとしても、残りは十年足らずである。

更衣は江戸時代からこのかた初夏の季語と決まっている。現代のサラリーマンならば背広を夏物に替える。東日本大震災による原発事故以降、クールビズは多くの会社で五月一日スタートになったから早くもネクタイなしである。まだなんとなく首筋がすうすうして落ち着かない。もっとも、クールビズの期間が終わってネクタイに戻るときは窮屈このうえない。

サラリーマン生活を終えてネクタイをする日常から遠ざかったら、こうした感覚もいつしかすっかり忘れてしまうのだろう。

あと十年――いや、考えてみると、あと十年働いても私はまだ年金がもらえない。厚生年金の受給開始年齢は六十歳から六十五歳へ段階的に引き上げられている。私の場合は六十四歳で受給開始の予定である。子どもたちが無事社会人になって自立してくれたとしても、妻と二人で無収入の生活は心許ないものがある。

こうした事態を受けて、高齢者雇用安定法が改正され、六十歳で定年を迎えた後も希望者全員が六十五歳まで働けるよう、企業に雇用継続を義務付けることとなった。年金は出せないから引き続き働きなさい、会社はそれに協力せよというわけである。悠々自適の生活が逃げ水のように遠ざかる。借金漬けの日本の財政状況を考えれば、年金支給開始年齢の引き上げが六十五歳で止まる保証もない。

ところが、それはサラリーマンたちにとって必ずしも不幸なことだとは言えないようなのである。

電通は年金支給開始年齢引き上げの影響を受ける五十代のサラリーマンを対象に、定年後の仕事に関する意識調査を実施した。二〇一一年七月に発表された調査結果によると、調査対象となった上場企業のサラリーマンの大半は六十歳定年後も働きたいと考えている。その割合は六十五歳までは八十パーセントを超え、四分の一以上の人が七十歳時点でも働いていたいと答えている。電通は「生涯現役社会」への移行の兆しがうかがえると調査結果をまとめている。

経済面で安定したシニアライフを送るために働き続けなければならないという面もあるだろうが、理由はそれだけではないようだ。そのことが明確になっているのが、電通総研がちょうど六十五歳を迎える団塊《だんかい》世代ファーストランナー（一九四七年生まれ）を対象に行った六十五歳からの暮らしに関する調査である（調査結果は電通が二〇一二年五月に公表している）。団塊の世代（一九四七年から四九年にかけて戦後のベビーブームで生まれた世代）は六十歳から年金が支給され、悠々自適の生活が送れるはずなのだが、調査対象の男性の七十二パーセントが六十五歳以降も働くことを希望している。そして興味深いことに、団塊ファーストランナーの男性を夫にもつ妻は、それを上回る七十五パーセントが六十五歳以降も夫が働くことを希望している。

つまり、夫が会社に行かない生活というものが、夫にとっても妻にとっても不安なのである。健康でさえあれば、今まで通りの生活が守られることがお互い安心なのだ。サラリーマンは会社で仕事をすることによって、社会における、あるいは家庭における自分のアイデンティティを確保しているのである。

高齢化社会の勝ち逃げ組と言われる団塊の世代でも働き続けるというのだから、私たち今の五十代が六十五歳になったときのことは想像に難くない。しかし、定年後に引き続き会社で働かせてもらえるといっても、会社における地位まで保証してくれるわけではない。地位も収入も大幅ダウンという待遇になるのが一般的であろう。それでもよければどうぞ働いて下さいということなのである。

先ほどの五十代サラリーマンを対象にした調査に戻ると、定年後の理想の働き方は「今と同じ会社でフルタイムで働くこと」が三十四・八パーセントでいちばん多い。ただし、五十代前半と後半では傾向が異なる。五十代前半は「自分の趣味を活《い》かした職業につく」が三十三・二パーセントで最も多いが、五十代後半では二十八・八パーセントに下がる。それに代わって、五十代前半では二十六・四パーセントだった「同じ会社でフルタイムで働く」が四十三・二パーセントに急増する。定年が近づくにつれて夢のようなことは言っていられず、現実を直視せざるを得なくなるのだろう。

定年の前に辞めしと冷奴《ひややっこ》　若狭男

遠藤若狭男《えんどうわかさお》（昭和二十二年〜）はちょうど団塊世代ファーストランナーに当たる。俳号《はいごう》（俳句で名乗るために付けた名前。雅号《がごう》（とも言う）のとおり若狭に生まれ、上京して高校教師になった。この句、知り合いが定年前に勤め先を辞めたのである。教師仲間なのかもしれないが、それよりは久しぶりに会った昔の友達という雰囲気だ。リストラの割増退職金をもらってさっさと会社を見限ったサラリーマンでもよい。冷奴は夏の季語である。冷奴をつつきながら居酒屋で打ち明けられたのだろう。

「暮らしていける当てはあるのか？」

「まあ、なんとかなるさ」

相手の顔は思いのほか晴れ晴れしている。作者の胸には心配と羨望が交錯《こうさく》する。「お前はどうなんだ」と自分に問う声も聞こえてくる。

「自分の趣味を活かした職業につく」という選択肢は、私の耳元で甘く囁《ささや》く。私の俳句の師匠の藤田湘子《ふじたしょうし》（大正十五年〜平成十七年。湘子も俳号。名前から女性と勘違いする人がいるが、男性である）は国鉄広報部に勤めるサラリーマンだったが、定年を待たずに今の私の年齢より一年若い五十四歳で退職し、専業俳人になった。年金支給開始まで六年を残しての決断。自分の趣味を活かした職業に転じたのである。

鯉老いて真中《まんなか》を行く秋の暮　　湘子

その年の秋に湘子はこんな俳句を詠んでいる。群を分けて池の真ん中を行く鯉に自分自身の姿、あるいは理想を重ねているのは間違いない。それにしても五十四歳で会社を辞め、「老いて真中を行く」と言われても、私にはとても真似できない。二人の子どもの将来を何より気に掛ける妻を心配させるわけにはいかない。

平成十六年に中公新書で『俳句的生活』を出した長谷川櫂《はせがわかい》（昭和二十九年～）は、それでもサラリーマンをスパッと辞めたのだった。

新涼やはらりと取れし本の帯　　櫂

「三年前の秋、二十二年間、勤めてきた新聞社を辞めた」、この句に続けて、櫂はさらりとこう書き出す。いつかは俳句に専念したいと考えていたが、妻は専業主婦、二人の子どもはまだ高校生と中学生でいよいよこれから金がかかる。おまけにマンションのローンもある。これでは辞められるはずがないと思いながら、数日後、会社に辞表を出していたと言う。

「そのとき、俳句の切れのことが心の中にあった。切れは俳句の命である」と櫂は自分の決断を俳句になぞらえる。俳句には「や」「かな」「けり」に代表される切字《きれじ》というものがあって、一句の構造を切ることによって韻文としての格調を得る。櫂の言葉を借りれば、「俳句という短い詩の中に時間的、空間的な間《ま》を生み出す」ために切るのである。その間をあだこうだと理屈で埋めようとしないことが俳句にとって何より大事なことだ。理屈抜きで断じる。だから、会社を辞めることができたのだ。

「新涼やはらりと取れし本の帯」、俳句では「涼し」は夏の季語である。暑さのさなかに涼しさを見出すことが俳句の流儀なのだ。それに対して新涼というのは秋になって感じる涼さ。無理に流儀を通さなくても、身体が自然に感じることのできる涼しさである。

「新涼や」で櫂の句は切れている。そして、「はらりと取れし本の帯」。本を読んでいて帯がふいに外れることはある。新涼はそのことと直接の関係はない。しかし、秋の涼しさと本の帯の取れた一瞬との響き合いにこそ俳句の詩情の源泉がある。そして、退職の話の冒頭にこの句を置くことによって、職を辞することなど本の帯の取れるようなものだという人生に対する櫂のスタンスが表明されている。思い切って辞めてしまえば新涼の心持ちである。ああ、そんなふうに生きられたらなあ。

もしかすると私はサラリーマンが好きなのかもしれない。私はサラリーマンとして特別に偉くもなく、特別に高給取りでもない。しかし、サラリーマンとして生きることは私の好奇心をさまざまに満たしてくれる。俳句専業になったら、この人たちと一緒に過ごすことはなくなってしまうのだ、と職場を見回して思う。俳句とは関係ない世界に身を置くことが私の創作の養分になっているのかもしれないとも思う。

梨剝く手サラリーマンを続けよと　　軽舟

三年前にこの俳句ができたとき、梨を剝く手は私の妻の手であった。月に一度か二度、週末を利用して単身赴任先から家族の家に帰る。妻は私のために梨を剝いてくれる。その手許を見ているうちに、「単身赴任ご苦労さま。たいへんだけど、子どもが大きくなるまでがんばってね」と妻が無言で語っているように感じたのだ。

今はこの手が私自身の手であってもよいと思っている。単身赴任先で自分のために梨を剝く。その手が、私自身のこの生活を励ましているように思えるのだ。私の心の中を新涼の風がさっと吹き抜ける。

＊

私はこれまで三十年余りサラリーマンを続けてきた。俳句を始めたのはサラリーマンになって二年が過ぎた頃だった。つまり、私はおよそ三十年にわたって俳句を作ってきたが、その間ずっとサラリーマンだった。

私はこれまでに『近所』、『手帖』、『呼鈴』の三冊の句集を出した。ところが、あらためて眺めてみると、『近所』と『手帖』にはサラリーマンとしての生活が感じられる俳句は一句もない。『手帖』のあとがきで、「俳句は日常身辺のどんな断片にも、世界の真実を見出し、詩を宿らせることのできる詩型である。私はそう信じて俳句を作っている」と誇らしげに言っているにもかかわらずである。サラリーマンは私の日常そのものであるはずだ。ところが、それは俳句の対象とすべき日常ではないと知らぬ間に決め込んでいたのだ。サラリーマンである自分と俳句を作る自分は別のものだという思い込みがあった気がする。サラリーマンは私の世俗の姿である。俳句はその世俗を離れて自由に遊ぶものだという考えから、どうやら私は俳句の世界に引きつけられていったらしい。

サラリーマンらしい俳句は三冊目の『呼鈴』になってようやく出てくる。といっても収録した三百九十句のうちの七句だけである。

紫陽花《あじさい》や流離《りゅうり》にとほき靴《くつ》の艶《つや》

四十五歳の時に詠んだ一句。その前年の春、師匠の藤田湘子が七十九歳で亡くなった。湘子は水原秋桜子《みずはらしゅうおうし》に師事し、やがて「鷹」を創刊・主宰して俳壇有数の実力集団に育て上げた。「鷹」の編集長を務めていた私は、湘子から後を託された。早過ぎる、というのが正直なところだった。サラリーマンとしてはまさに働き盛りである。「鷹」の主宰はその片手間でできるような生易しいものではないのではないか。

実際のところ、主宰を継いでしばらくは、「会社は辞めないのか」とか、「まだ辞めてなかったの」とか言われることが多かった。しかし、私は辞めなかった。この句の「流離」は文芸に携わる者としての憧《あこが》れである。芭蕉のように俗世を離れて己の芸術のために生きてみたい。家族がいなければそんな漂泊の人生も悪くない。

妻の磨《みが》いてくれた黒い革靴を履き、雨傘《あまがさ》を提《さ》げて会社に向かう。紫陽花の色が映りそうな靴の艶は、私をサラリーマンの生活につなぎとめるものだ。「会社辞めないでね」、ここからも妻の声が聞こえる。

春月《しゅんげつ》や会社に過ぎし夕餉《ゆうげ》時《どき》

私がいてもいなくても、家族に夕飯の時間はやって来る。「鷹」の主宰を継いで二年。この頃は会社の仕事も忙しく、残業が多かった。炊き立てのご飯の匂いをなつかしく思い出しながら、会社の窓に浮かぶ春の月を見上げる。

かたじけなき社宅の家賃鉦叩《かねたたき》

勤め先は転勤が多いこともあって、わが家はずっと社宅暮らしだった。鉦叩はコオロギの仲間。どこからか家に上がり込んで「チン、チン、チン」と夜更《よふ》けに静かな声で鳴く。

ノー残業デーものかは夜業人《やぎょうびと》

夜業は秋の季語である。もともとは夜長の時期の農家の夜なべ仕事を季語にしたものだが、農業に限るものではない。

夜業人に調帯《ベルト》たわたわたわたわす　青畝

阿波野青畝《あわのせいほ》（明治三十二年〜平成四年）は「ホトトギス」で虚子に学んだ俳人。幼い頃から難聴だったが、その俳句にはこの世のなつかしさがにじむ。この句は昭和九年に詠まれている。夜業の季語が近代の労働の現場に用いられた早い時期のものと言ってよいだろう。納期が迫って夜も作業が続く。機械のベルトが「たわたわたわたわ」動き続ける。この擬態語がいつ果てるとも知れない夜業のやるせなさをユーモラスに伝える。開けた窓から吹き込む風が錆《さび》や油の入り混じった工場の空気をいくらかさわやかにしてくれる。

私の俳句は現代の職場風景である。労使協定により残業時間は一定時間に収めなければいけない。残業代は会社には負担だし、それを惜しんでサービス残業させればたちまち労働基準監督署から咎《とが》められる。だから会社はノー残業デーを設けて残業をさせまいとするが、それで仕事が無くなるわけではないから、社員は机にしがみつき、灯りは煌々《こうこう》と点いたままなかなか消えることがない。

隣の課灯《ひ》の消えてゐるちちろかな　　軽舟

隣の課は一足先に灯を消して帰った。ほの暗くなった一隅で、どこからまぎれこんだのかコオロギが鳴いている。ちちろ虫はコオロギのこと。「ちちろ、ちちろ」、お前もそろそろ帰ったらどうかとコオロギが囁きかける。

金貸して給料もらふ暑さかな

銀行の仕事は、自分ではけっして手にすることのない金額の金を貸し付け、その利子が銀行の収入となって、そこからいくばくかの給料をもらう。だから、ともかく金を借りてもらえるようにせっせと営業する。返済が滞れば心を鬼にして取り立てる。

ワイシャツに灯の陰翳《いんえい》や衣被《きぬかつぎ》

衣被は里芋の子を皮のまま茹でたもの。一端を庖丁で切り落として出される。口に運んで指できゅっとつまむと、切り口から中身が飛び出す。秋の季語である。

会社帰りに居酒屋に寄る。取りあえずビール、そして枝豆を頼む。枝豆も秋の季語。チェーンの居酒屋だと定番メニューの枝豆は一年中あるし、ビールの友として夏のイメージが強いが、本来は秋のものだ。

「あ、衣被が出たんだね、それもお願い」。口に放り込んで噛《か》むと、ほのかに甘い土の香りがする。背広を脱いでネクタイを緩める。一日働いたあとの白いワイシャツには皺《しわ》が目立つ。

居酒屋の灯の下で、そのワイシャツが深い陰翳を帯びる。それがどことなく、わが人生の陰翳のようにも思われるのである。

＊

「福島から郷里の秩父に帰って家族を実家に預け、単身で神戸に赴くと、しばらく本山町《もとやま》岡本の独身寮の一室で暮しました。そして、横の家族寮（鉄筋コンクリート四階建の一階三DK）が空くのを待って、家族を連れに秩父に戻って、ようやく落ち着いたのですが、東海道線の一日がかりの長旅がおもいだされます」（金子兜太《かねことうた》『わが戦後俳句史』岩波新書）

私がいま単身赴任先で暮らしているのは、この一文に出てくる岡本である。兜太が日本銀行神戸支店に転勤になったのは昭和二十八年、兜太三十四歳のときだった。翌年、一人息子が近所の本山幼稚園に入園したとある。私立本山幼稚園は昭和六年設立の小さな幼稚園。今から十数年前、私が家族と一緒にここ岡本で三年間暮らしていたときは、娘が本山幼稚園に通い、小学生の息子も卒園生にまじって放課後に勉強を見てもらっていた。兜太がサラリーマンとして暮らした町に自分が今住んでいるのだと思うと、当時の兜太の俳句がぐっと身近に感じられる。

しかし、兜太のサラリーマン生活は失意に満ちたものだった。兜太は南洋のトラック島で終戦を迎え、昭和二十一年に復員、その翌年日本銀行に復職した。日銀では組織の近代化、民主化を目指して組合活動に邁進《まいしん》したが、レッドパージに屈して組合を退き、日銀に留《とど》まりはしたもののエリートコースから外れて福島、神戸、長崎と支店を回らされた。

だが、この時期に神戸に暮らしたことは、兜太の俳句にとっては大きな幸運だった。福島時代は俳人との交流も途切れがちだったが、神戸に移ると関西の個性的な俳人たちとの付き合いが広がり、彼らの熱気に触れて兜太の俳句への意欲も沸き立った。関西には戦後の新しい俳句を打ち立てる前衛たろうとして俳人たちのエネルギーが渦巻いていたのだ。

兜太の神戸時代は俳句における「社会性」の論議が活潑《かっぱつ》になった時期である。俳句も社会の諸問題に目を向け、それを積極的に詠んでいこうとする潮流は、「社会性俳句」と呼ばれる作品群を生んだ。神戸時代に詠まれた、

屋上に洗濯の妻空母海に　兜太
首切る工場秋曇の水を運河に吐き
ガスタンクが夜の目標メーデー来る

といった作品も社会性俳句と方向を一《いつ》にするものだと言える。昭和二十九年、俳句雑誌『俳句』が社会性俳句を特集、兜太はアンケートに「社会性は作者の態度の問題である」と書き、社会性論議の中心人物の一人となっていった。

銀行員等朝より蛍光す烏賊《いか》のごとく

神戸時代の兜太の俳句の中でもとりわけ有名な一句。この句の情景は、昭和二十九年当時の日銀神戸支店のもの。兜太自身の職場である。兜太の神戸時代は私の生まれる前、今からおよそ六十年も前のことだから、神戸もずいぶん変わった。神戸には今も日銀の支店があるが、この句に詠まれているのは移転建替前のもの。旧外国人居留地の一角に立つ戦前の古い建物だった。

兜太の自句自解によれば、この句が出来た前日、家族で尾道《おのみち》の水族館に行き、暗がりで発光するホタルイカを見て来たのだった。翌朝出勤すると、職場の光景と水族館の光景が重なった。当時は蛍光灯が一人一人の机にあって、出勤すると暗い店内でそれぞれ自分の席の灯を点《とも》す。その様子がホタルイカにそっくりだったのだと言う。

この句に自分の職場としての親しみは感じにくく、他の社会性俳句と同じ第三者の目で批評的に見ているようだ。兜太の支店における立場がそうさせているという面も多分にあったのだろう。そして、自分もまたその烏賊の群におとなしく座るしかないということへの自虐的な心情も、この句の諧謔《かいぎゃく》の裏に籠《こ》められていようか。

神戸時代に、兜太は俳句に専念する覚悟を固めた。日銀は辞めない。それは妻子に経済的苦労をかけないことが最小限の義務だと考えているからである。日銀の仕事に張り合いは持てないが、ここに留まって俳句に徹底しよう。

## 朝はじまる海へ突込む鷗《かもめ》の死

俳句専念をこれからの人生と決めたその時、神戸港の埠頭《ふとう》で作られた俳句。魚をとるために海に突っ込む鷗と、撃墜されて海に突っ込む零戦が重なる。サラリーマンとして「死んで生きる」の思いを噛みしめての「朝はじまる」なのである。

しかし、家族の生活の基本はサラリーマンにあるのだから、そのような覚悟は、常に心のどこかに蓋をしていなければやっていられないものだったのではないか。「正体不明の勤め人家族に対する朋輩《ほうはい》からの心理的、具体的な反応はなかなかのものだった」と兜太が言うくらいだから、日銀のエリート集団の中にあってその落ちこぼれぶり、そして開き直りぶりはしたたかなものだったのだろう。

港に雪ふり銀行員も白く帰る

神戸に暮らして私も通算七年余りになるが、積もるほどの雪が降ることは珍しい。その神戸にしんしんと雪が降る。夕暮時を駅へ急ぐ銀行員たち。「白く帰る」は雪をかぶったという実景であるとともに、心の空白をも表しているようだ。

兜太は結局五十五歳で定年退職するまで日銀に勤めた。神戸時代を起点に、作風はいよいよ暗喩性を強めて前衛俳句の旗手となる。他方で俳句の世界における社会性に向けた動きは長続きしなかった。日本が戦後復興を果たして高度経済成長期に入ると、社会性俳句は存在の拠り所を失くしたように雲散してしまった。高度経済成長期の日本人の生活を正面から詠った俳句は甚《はなは》だ乏しい。

サラリーマンは和製英語である。だから外人には通じないよと言われるが、手元の電子辞書のロングマン現代アメリカ英語辞典にはちゃんと載っている。英英辞典なので勝手に訳すと、「日本のオフィスで働く男、毎日長時間働くことが多い」、とある。ウィキペディアの英語版にはさらに詳しい解説がある。今や世界から認められた戦後日本を代表する社会現象がサラリーマンなのである。

男性俳人はその大半がサラリーマンである。それなのに、サラリーマンの生活を詠んだ俳句は少ない。私が俳句をやっていると知ると、俳句のことはよく知らないが、サラリーマン川柳はおもしろい、と言うサラリーマンはとても多い。社会性俳句の潮が引いたあと、俳人たちの視線は同時代の社会に向かわなくなった。サラリーマン川柳の人気は知っていても、あれは世相を詠んだだけ、そこに俳句が求める詩情はないと端《はな》から決めつけている印象は否めない。

ここで登場してもらうのは、前章に続いて再び草間時彦である。

勤めの身は
冬薔薇《ふゆばら》や賞与劣りし一詩人　時彦

この句は昭和二十九年作。兜太が「銀行員等朝より蛍光す烏賊のごとく」を作ったのと同年である。兜太は大正八年生まれ、時彦は同九年生まれでほぼ同世代、時彦はこの句を詠んだとき三十四歳だ。

時彦は司馬遼太郎《しばりょうたろう》の『坂の上の雲』にも登場する旧制松山中学初代校長を祖父に、鎌倉市長を父に持つが、高校生の時に胸を病み、退学したまま終戦を迎えた。昭和二十六年、三十一歳でやっと製薬会社の三共に勤めるサラリーマンになった。略歴に「学歴なく、病歴多し」と自嘲《じちょう》気味に書いてあるから、会社での地位もおおよそ想像がつく。

この句の「勤めの身は」のように俳句の前に添えられた言葉を前書《まえがき》と呼ぶ。「賞与劣りというのは周囲の同僚たちに比べて自分の評価が劣るということでもある。それが賞与の金額という動かしがたい事実として突きつけられる。それが賞与ないが、しかし、自分はサラリーマンがすべてではない。しょせん「一詩人」に過ぎないと謙遜《けんそん》してはいるが、それが生きる証であることは冬薔薇の取り合わせから感じられるだろう。冬薔薇のつつましくも気高い姿は、時彦の矜持《きょうじ》そのものである。

時彦は後年記したこの句の自註《じちゅう》で「サラリーマン俳句の代表作ということになっている」と書いているが、時彦亡き今もなおサラリーマン俳句の代表作たる地位を失っていない。兜太の俳句が社会性という観点から書かれたのに対して、前章で紹介した石川桂郎と同じ石田波郷門の時彦の俳句は境涯俳句の流れを汲《く》む。作者自身が私小説の主人公であるように自らの境涯を俳句に詠む。戦後盛んだった境涯俳句の二大テーマは病気と貧困だった。ところが、結核が不治の病でなくなり、戦後復興を果たして日本人が豊かになっていくと、社会性俳句と歩調を合わせるように、境涯俳句も存在理由を見失って勢いをなくした。

それでも時彦は、病気でも貧困でもなく、ふつうのサラリーマンとして生きる自分の境涯を詠み続けようとした。冬薔薇の句で手応えを感じたのだろう。略年譜の昭和三十一年には「この頃からサラリーマン生活を詠むサラリーマン俳句に専念」と記している。これは兜太が「俳句専念」を決意した年でもある。

時彦のサラリーマン俳句をもう少し挙げてみよう。

秋鯖《あきさば》や上司罵《ののし》るために酔ふ

昭和三十一年作。上司の悪口を言いながら同僚と飲む。そこに上司がいないのは言うまでもない。ちょうど脂ののった鯖が焼き上がった。ビールをぐっとやると、つかのま溜飲が下がる。

うそ寒くゴルフ談議の辺《へ》に侍《じ》すも

昭和三十二年作。「うそ寒」は秋の季語で、冬の寒さとは違う。秋も深まってそぞろに寒さを感じるのである。既にこの頃から、会社員の話題の中心はゴルフだったのだろう。しかし、時彦はゴルフをしなかった。話題に加われないままじっとその場に侍っている。「うそ寒く」は身体に感じる寒さだけではないと言いたげだ。

賞与得てしばらく富みぬ巴旦杏《はたんきょう》

昭和三十四年作。巴旦杏はスモモの一種。赤く熟れた実を齧《かじ》ると、甘酸っぱい汁が口を潤す。ボーナスが出たばかりで懐《ふところ》はあたたかい。巴旦杏は贅沢というほどのものでもないが、なんとなく気持ちにゆとりがあるのだ。しかし、そんな気分もあくまで「しばらく」の間。時彦には「賞与使ひ果しぬ雨の枯葎《かれむぐら》」という句もある。その程度の賞与だからこそ、巴旦杏を頬張る今このときが尊い。

石蕗《つわ》の花学歴の壁越えられず

昭和三十七年作。時彦四十二歳である。俺《おれ》のほうが仕事はできると思っても、学歴による序列は容赦ない。いつの間にか大学出の後輩が上司になっている。石蕗《つわぶき》（「つわ」とも読む）は初冬に黄色い花を咲かせる。その明るさに心を慰められているのだろう。

時彦はこれらの作品を収めた句集『中年』の後記に、「平凡なサラリーマン生活に於《お》いて、俳句を作ることによってのみ、自由気儘《きまま》に自分の個を主張し得たのである」と明かしている。時彦のサラリーマン俳句は昭和俳句史において貴重な存在だが、ここに挙げてきた作品に、私はどうも感心できない。それぞれ季語が効果的で俳句らしい俳句ではあるのだが、発想がサラリーマンの固定観念に終始していて、サラリーマン川柳とベクトルが一緒のように思われるのだ。食いしん坊俳句はあんなにいきいきしているのに、サラリーマン俳句はサラリーマンの常識にとらわれていて時彦自身が見えてこない。作れど作れど「冬薔薇や賞与劣りし一詩人」を超えられない。本人もそう気づいて嫌気がさしたのか、これ以降サラリーマン俳句に熱意を失ってしまった。残念なことである。

ただ、一つだけ私の好きなサラリーマン俳句がある。

休日は老後に似たり砂《さ》糖《とう》水《みず》

これはずっと後の昭和四十六年作。時彦五十一歳、サラリーマン生活も終盤である。休日を家で過ごす。妻の作る三度の食事を妻とともにとる。昼下りに喉《のど》の渇きを覚えて砂糖水を飲む。砂糖水は夏の季語。少々古くさいが、砂糖を水に溶かし、氷を浮かべて飲むのである。

サラリーマンが終わったら毎日こうして過ごすのか。老後というものが、もうそう遠くないことにふと気づく。

定年後の生活を「毎日が日曜日」と称するようになったのはいつからなのだろう。城山三郎《しろやまさぶろう》の小説『毎日が日曜日』が最初だとすれば、その新聞連載は昭和五十年だから時彦の「休日は老後に似たり」のほうが早い。しかし、時彦の俳句に「毎日が日曜日」という弾んだ心持ちはない。なんだか寂しそうでもある。サラリーマン生活が身に染みついているからこその感慨だろう。時彦も兜太と同じく五十五歳で会社を定年退職した。けれども、俳人協会の事務局長として俳句文学館の設立に向けて奔走《ほんそう》し、思いのほか多忙な老後が始まることになった。

私はすでに、兜太と時彦が定年退職してサラリーマン生活を終えた五十五歳になった。今考えると、五十五歳というのはなんと早いリタイヤであることか。私のサラリーマン生活はもう少し続きそうである。しかし、それほど長い年月が残されているわけでもない。あとわずかだという名残《なごり》惜しさが、私をサラリーマン俳句に向かわせ始めたのかもしれない。

# 3

## 妻来たる一泊二日石蕗の花

「妻に会う」という章題に「えっ?」と思われた読者もいることだろう。妻というものはふだん一緒にいるのが当たり前の存在だから、わざわざ「会う」と意識することはない。私もずっとそうだった。しかし、単身赴任を始めて、それががらっと変わった。妻はふだんは一緒にいないのである。妻には会うものなのだ。

私の単身赴任は今年が五年目である。家族の暮らす横浜の家に帰るのは平均して月に二回くらい。東京で俳句の用事のある週末に帰るというのがほとんどだ。金曜日の夕方、終業のチャイムが鳴ってから大阪の職場を出て新幹線に乗る。横浜の家に着くのは遅くなるから車中で駅弁を食べる。

そして土曜日、日曜日は句会に出たり、俳句仲間と打ち合わせをしたり、横浜の家に届いた郵便物や出版物に目を通したり。たちまち時間は過ぎてゆく。出先からそのまま神戸の家に戻ることもあるが、できれば日曜日の晩は妻の作った夕食を食べる。夕方風呂に入り、家族と食卓を囲む。「ごちそうさま」と言ってから家を出て、新横浜から新幹線に乗り、夜更けに神戸の家に戻る。月曜日の朝からいつもどおり大阪の職場で働くためである。

年に何度か妻が神戸の家に来ることもある。学校に通う子どもの世話があるから、来るのはたいてい週末。土曜日に来て、日曜日に帰る。

妻来たる一泊二日石蕗《つわ》の花　軽舟

妻は旅行鞄《かばん》に一泊分の自分の着替えを詰めてやって来る。鞄は妻が帰るまで部屋の隅に置かれている。穏やかな小春日和で、庭には石蕗の花が咲き、冬日が妻の鞄の辺りまで差し込む。しかし、妻が帰るともうそこに鞄はない。なんだか旅館の部屋みたいだなと思う。妻が一泊二日でやって来るということは、単身赴任をする前には思いもしなかったことだったが、実際にその立場に身を置いてみるとごく自然な発見だった。

久しぶりに妻が来るとなると、家をなるべくきれいにしておこうと思う。私は週に一度掃除をしている。単身赴任をする際、妻はロボット掃除機のルンバを買ってくれた。これはありがたかった。ルンバに働いてもらうためには、床に余計なものの無い状態を作る必要がある。それで結果的に部屋がすっきり片付く。あとはルンバにまかせておけば、髪の毛一つ落ちていないみごとな仕上がりに掃除してくれる。土曜日の昼過ぎに妻が来るからと、午前中にルンバを回しておく。妻は妻で久しぶりに夫の単身赴任先に来て掃除でもしてやろうと思っているから、きれいになった部屋をまた掃除する。「汚れてないわね」と妻が拍子抜けしたような声を出すと、私はひそかに満足する。

いつもは私が立つ台所に妻が立つ。妻が立つ台所には私は入らない。けれども、妻が何度も台所道具や調味料のありかを聞いてくる。台所に必要なものは妻が一通り揃えてくれたのだが、その配置は私の使い勝手に合わせて毎日の生活の中で変わっていく。この台所の本来の主は私なのだ。妻の様子を見ていてあらためてそう思う。台所の隣は、私が書斎、居間、食堂を兼ねて使っている部屋。仕事机の上の本や資料を片付け、妻と向き合って妻の料理を食べる。この机はもともとダイニングテーブルなので、自分の本来の使われ方を思い出していそいそとうれしそうに見える。

私のような単身赴任者は、世の中にどのくらいいるのだろう。総務省が五年に一度実施している「就業構造基本調査」には、国内雇用者の内訳の一つとして、配偶者のいる単身世帯の数字が出ていて、これがおおよその単身赴任者数とみなされている。配偶者のいる単身世帯というと、離婚には至っていないが仲違いして別居中という人も当てはまるように思うが、数の上ではほぼ単身赴任者数に相当するとみてよいのだろう。

この数字をもとに実態を調査した記事が日経新聞に掲載されていた。それによると、平成二十四年調査時点の単身赴任者は九十九万人。企業などで働く雇用者の五十人に一人が単身赴任中という計算になるという。

全国に九十九万人と聞くと、単身赴任仲間もずいぶんいるじゃないかと心強くなる。しかし、五十人に一人の割合と言われると、ずいぶん損な役割を引き当てたものだという気もしてくる。

この記事で紹介されているアート引越センターの引越文化研究所の調査によると、単身赴任を選んだ理由のナンバーワンは「子供の転校を避けた」である。私の家族の場合もこれに当てはまる。私の知る単身赴任経験者もほとんどはこれが理由である。転校させて友達が減ってはかわいそうだなどと子どもに気を遣ったわけではない。子どもの受験競争のために親たちは馬鹿にならない塾代を投資している。特に中学受験をさせて私立の中高一貫校に入れてしまうと、転校しては何のための苦労だったのかということになる。これは経済的な理由でもあるのだ。

したがって、単身赴任は四十代、五十代のサラリーマンに多い。しかし、六十代以上の単身赴任も急速に増えているという。単身赴任者は平成二十四年までの十年間に二割増えた。そしてこの間、六十歳以上の単身赴任者は二倍以上に増えて二十万人近くに達した。これは六十歳を過ぎても働き続けるサラリーマンが増えたことと関係している。定年後も同じ会社で働ける法整備がなされたとはいっても、家から通えるところにポストが用意されるとは限らない。六十歳を過ぎても単身赴任はなくならないのだ。

単身赴任の理由に親の介護というものもある。高齢化社会にあって、これはさらに増え続けるだろう。夫は単身赴任して働き続け、妻は親の介護のために家を離れられない。そんな家庭事情は容易に想像される。その一方で若年化も進むことだろう。単身赴任の理由には夫婦の共働きもある。これは若い世代ほど顕著になっていくものと思われる。夫より稼ぎのよい妻はいくらでも出てくる。夫の転勤についていくために妻が職を手放したのでは経済的損失が大きすぎる。

どうせ避けられない単身赴任ならば、前向きに考えることである。少なくとも私は、けっして空元気ではなく、単身赴任生活を楽しんでいる。何といっても知らない土地に一人きりで身を置く新鮮さがある。

職場ぢゅう関西弁や渡り鳥　　軽舟

私がいま勤める会社では、私以外の職員のほぼ全員が関西弁である。関西以外の出身者もいることはいるのだが、その人たちも長年の間にすっかり関西弁になっている。そんな中で私だけが一人、渡り鳥がまぎれこんだように標準語で話している。家族と一緒に来ていれば、家に帰って標準語を聞くことができる。しかし、単身赴任となると一日のコミュニケーションがすべて関西弁になる。否が応でも新しい土地に丸裸で入って行く感覚になるのだ。俳人というものは、いつも自分にとって新鮮な題材を探している。そのおかげもあって、私は単身赴任の毎日を楽しむことができている。

そして、そんな毎日があるからこそ、妻に会うことがまたとても新鮮に思われるのである。

＊

俳人の多くはサラリーマンなのに、サラリーマンの生活を詠った俳句は少ない。前章で私はそう書いた。私は三十年余りサラリーマンを続けてきたが、それもそろそろ終わりが見えてきた。この境遇を俳句にするなら今のうちだと思う。しかも、単身赴任である。日本の社会のありようを端的に映す事象にわが身を置いているのだ。その中で自分がどう感じながら生きることになるのか、俳人として興味は尽きない。まだ成果はささやかだけれど、私の単身赴任俳句に今しばらくお付き合いいただきたい。

巣に帰る働き蟻《あり》か上京す

単身赴任とは、いわば出稼ぎのようなものである。家族の食い扶持のために巣を遠く離れて働いているのだ。子どもの落とした飴玉や干からびた蚯蚓《みみず》にまで炎天下に列をなして出かけていく。夕立にあってちりぢりになったり、人の足に踏まれることだってある。そんな一週間を終えて、新幹線に乗って上京する。ああ、やっと巣に帰れるんだと思う。

暑き日の熱き湯に入るわが家かな

単身赴任だと暑い夏にはわざわざ風呂を沸かさない。仕事を終えて家に帰ると、一日の炎天に耐えた部屋はむっと暑い。エアコンを入れてさっさとシャワーを浴びる。それでだいたいひと夏過ごしてしまう。しかし、家族の家に帰るとちゃんと風呂が沸いている。熱い湯に身を浸して汗を流す。目をつぶって、これがわが家だと実感する。

遠ざかる町に家族や立葵《たちあおい》

家族の家を発って、神戸に向かう。駅で電車に乗ると、家族の住む町がたちまち遠ざかる。線路から見える誰かの家の前に立葵の花が咲いていた。それぞれの家に家族がいる。私の家にも、私のいない、そしてそれがふだんの暮らしである家族がいる。

旅先に妻と落ち合ふ穂麦かな

久しぶりに温泉にでも行こうか。子どもたちはそれぞれ忙しいので、妻と二人で旅行することにした。しかし、妻と私は暮らす場所が違う。だから、旅先で待ち合わせることにした。私は大阪駅から特急サンダーバードで金沢に出て、そこから北陸新幹線に乗る。雪の残る立《たて》山《やま》連峰を車窓から眺めながら、妻は今頃どのあたりだろうかと思う。麦畑を吹く風に麦の穂が揺れていた。妻は東京駅から北陸新幹線に乗るのだ。

われを待つ日傘の妻よ鳩見つめ

連れだちて妻も湯上がりえごの花

新幹線の飯山駅で待ち合わせてバスで野沢温泉に向かった。野沢温泉では土地の人が山菜を湯掻く源泉の前の宿に泊まり、下駄を鳴らして外湯めぐりも楽しんだのだった。えごの木が清楚な白い花を咲かせていた。

春暁《しゅんぎょう》や妻に点りし厨《くりや》の灯

横浜の家に帰ると、妻と蒲団《ふとん》を並べて寝る。ふと目を覚ますと、外はまだ薄暗いのに、妻はもう起きて台所に立っている。高校生の娘は部活の朝練で家を出るのが早い。その娘に弁当を持たせるために妻の朝も早い。ふだん私の知らない家族の生活を垣間《かいま》見る。

母の日の妻をねぎらふ箸二膳

夫が単身赴任するということは、妻の毎日はもっぱら母親としての毎日になるということである。夫の私は金を送ること以外には父親らしい役割をほとんど果たしていないのだ。母の日となれば、毎日母としての務めを果たしてくれる妻に感謝する。たまには料理をさぼらせて外食に誘う。白木のカウンターの予約席の箸置きに一膳ずつ箸が載っている。

のろけもいい加減にしろと叱られそうなのでこのくらいにしておこう。「亭主元気で留守がいい」というコマーシャルが流行《はや》ったのは、もう三十年も前のことだ。前章では、妻が夫に定年後も仕事をしてほしいと思っているという調査結果を紹介した。相手と過ごすのがいやなわけではあるまい。ただ、一日中一緒にいるのはちょっとしんどい。自分の知らない時間を過ごした夫に、あるいは妻に会うのが新鮮で楽しいのだ。

庭の百合切つて妻待つ机かな

私は単身赴任という特別な境遇にある。しかし、別に単身赴任などしなくても、暮らし方と気持ち一つで「妻に会う」ことはできるのではないか。

＊

この本の読者は、中公新書のイメージからして既婚男性が多いのではないかと思う。さて、皆さんは愛妻家だろうか。俳人には愛妻家が多い。少なくとも作品の上ではそう言える。妻を詠んだ名句は枚挙にいとまがないのである。俳句には自分自身のことを詠むという傾向が根強くある。フィクションを詠んで悪いわけではないが、俳句は一篇の私小説だという立場に立つ俳人は多い。自分自身の生きざまに題材を求めたとき、最も身近な存在が妻である。妻を詠んだ俳句が多いのには、そのような事情もある。

なかでも愛妻俳句の秀作で知られる俳人に中村草田男《なかむらくさたお》(明治三十四年~昭和五十八年)と森《もり》澄雄《すみお》(大正八年~平成二十二年)がいる。この二人が妻を詠んだ俳句を見てみよう。

中村草田男は西洋思想の影響を受けたヒューマニズムの色濃い作風で活躍した昭和を代表する俳人の一人である。

草田男は旧制松山中学、松山高校を経て東大の独文科に進んだ。しかし、外交官の親と離れて暮らす家庭環境や思想的な懊悩《おうのう》から学生時代にたびたび神経衰弱に陥った。何度も休学を余儀なくされ、在学八年にしてやっと東大を卒業したときにはすでに三十一歳になっていた。

同郷の高浜虚子に入門し「ホトトギス」で俳句を作り始めたのは在学中の二十七歳のとき。神経衰弱の気分転換のためだったのだが、これが草田男にはとてもよかった。虚子の提唱する客観写生に励むうちに草田男の神経は癒《いや》されていった。その甲斐《かい》あってか、草田男は大学に復学し、東大俳句会に参加して新鋭俳人として注目を集める存在になった。

ちなみに草田男というまるで農夫のような俳号は、父の死後、長子でありながらいつまでも一人前の当主になれない草田男に対して、「お前は腐った男だ」と親戚が面罵《めんば》したことが背景になっている。「腐った男」をもじって「草田男」。どうせ俺は腐った男だという自嘲であり、そして開き直りなのである。

草田男が妻直子と結婚したのは昭和十一年二月三日、草田男三十四歳のとき。二十三歳のクリスチャンを妻に選ぶまでに草田男は実に十数回の見合いを繰り返したのだった。そして直子との結婚が決まったとき、「これで救われる」と呟《つぶや》いたと言う。草田男は直子との出会いに自分の運命を見出していた。その月の終わりには二・二六事件が起こって次第に軍国主義の様相が濃くなる中、草田男の心は真っ直ぐ新妻に向かった。

妻二ヶ夜あらず二ヶ夜の天の川　　草田男

妻が二晩家を留守にした。用があって実家にでも帰ったのだろう。その二夜とも、空は晴れて天の川が懸かっていた。妻のいない寂しさが天の川に広がり、それがまた奔流となって草田男の心の空白に注ぎ込むようだ。妻のいない二夜と天の川を仰いだ二夜。両者を重ねたことで、その二夜が途方もない長さと広がりに感じられる。そこにぽつねんと立つ草田男は、まるで母親を見失った幼子のようだ。

「彼が妻子を詠んだ句は彼の俳句の楽しさの中枢でもある。彼女たちが身辺の点景として私小説的俳句の上に出てくると言うのではない。彼女たちはいわば彼の幸福への意志として、生命への意欲としてそこにあるのである」（山本健吉《やまもとけんきち》『現代俳句』）

「これで救われる」と草田男が呟いた妻とその妻との間に生まれた四人の娘は、草田男の「幸福への意志」「生命への意欲」として存在したのだ。次の句は、その最初の子を妻が身ごもったときのものである。

吾妻《あづま》かの三日月ほどの吾子《あこ》胎《やど》すか

妻の胎内には、あの空にかかる三日月ほどのかすかな胎児がいるのか。そのことを奇蹟と思う草田男の感動が伝わってくる。そして長女誕生。

父となりしか蜥蜴《とかげ》とともに立ち止る

道をよぎる蜥蜴に気づいて立ち止まる。蜥蜴も驚いて立ち止まる。蜥蜴よ聞いてくれ、俺は父になったのだ。草田男がまじめに感動すれば感動するほど、その姿はほのかに可笑《おか》しい。そして、子どもが生まれたからといって、妻に対する草田男の恋情は少しも衰えない。

妻抱かな春昼《しゅんちゅう》の砂利踏みて帰る

妻に対する情欲をこんなに正直に詠った俳句もめずらしい。半ドンで昼に帰宅の途についたのだろう。「抱かな」の「な」は意志、願望を表す終助詞。砂利道をざくざく言わせながら、早く帰って妻を抱きたいと思いをつのらせるのだ。砂利を踏む響きが草田男を次第に昂らせていくのが感じられる。

虹に謝す妻よりほかに女知らず

よくぞここまで言ったという句である。直子と結婚する三十四歳まで、草田男は女性を知らなかったのだろうと信じられる。草田男はそのことを少しも恥じていない。むしろそのことを運命に感謝する。他に女を知っていては妻との愛の聖性が損なわれ、妻が救い主ともならなかった。だから感謝するのである。日本が戦争に向かう暗澹とした時代に、「腐った男」のこの求道的な愛情だけはまばゆいばかりである。

空は太初の青さ妻より林檎《りんご》うく

この句は少し時代が下って終戦後、昭和二十一年に作られた。「居所を失ふところとなり、勤先きの学校の寮の一室に家族と共に生活す」の前書がある。草田男一家は成蹊学園の寮に身を寄せていた。

物資の極端に不足した時代、林檎もまた貴重品だったはずである。どこから手に入れたのか、妻が赤い林檎を草田男に手渡す。「空は太初の青さ」、戦争で何もかも失った日本の空は、そのとき草田男の目にはすべての始まりの色を湛《たた》えていると思われた。この句の妻は、微笑ましく可憐でありながら、どこか聖母の面影がある。

草田男は昭和五十八年に死んだ。享年《きょうねん》八十二。妻直子には昭和五十二年に先立たれていた。草田男は死の前夜にカトリックの洗礼を受けた。遠ざかる意識の中で、聖母マリアと亡き妻直子の面影は、もはや区別しがたいものになっていたのではあるまいか。

もう一人の森澄雄は、前章で取り上げた金子兜太と同じ大正八年生まれ。兜太と同じく加《か》藤楸邨《とうしゅうそん》に師事したが、前衛俳句の旗手となった兜太とは対照的に、俳句の古典的な性格を追究し、近江をはじめとする日本の風景を深く見つめ直して、俳句の伝統回帰を推し進めた。

澄雄は九州帝国大学在学中に応召、陸軍少尉として戦場に赴いた。ボルネオでの「死の行進」で奇跡的に生き残り、復員して九州の鳥栖《とす》で教師となった。同僚の体育教師だったアキ子と結婚したのは昭和二十三年、すぐに上京したが澄雄は腎臓《じんぞう》を病み、貧窮の中で子どもが生まれる。

枯るる貧しさ厠《かわや》に妻の尿《しと》きこゆ　　澄　雄

この頃澄雄一家が暮らしたのは練馬の北大泉《きたおおいずみ》。武蔵野のくぬぎ林に建つ六畳一間の板間の小家に親子で身を寄せ合った。

「小さな家の中では、家の中の音は何もかもきこえた」とこの句に触れて澄雄は記している。「枯るる貧しさ」は、枯れ尽くして蕭条《しょうじょう》と冬を迎えた林の中の貧しい生活をきっぱりと言いとっている。尿は「しと」と読んでおこう。「何もかもきこえた」という静けさの中で、それはあたたかな生命そのもののように響く。

除夜の妻白鳥のごと湯浴《ゆあ》みをり

この句はそのような生活の中から生まれたからこそ意味がある。薪を割り、井戸水を汲み、親子五人が寄り添って暮らした一年が終わる。「枯るる貧しさ」の中だからこそ、妻の肢体は白鳥のように美しいのだ。なお、この句は楸邨も出席した忘年句会の即興でできたそうである。だからと言ってこの句の価値は少しも減じない。座興だからこそ照れくささを振り払って本音が出たのだろう。「この頃の貧しい懸命な生活は、顧みて自ら何かメルヘンを読むような非現実的ななつかしさがある」と澄雄は後年記している。

妻がゐて夜長を言へりさう思ふ

歳月は流れ、澄雄夫妻も老境に差しかかる。静かな時間だ。そこに当たり前のように妻がいる。夜長が秋の季語である。「すっかり夜が長くなったわね」と妻が言う。夫はそれに答えず心の中で「そうだな」と頷《うなず》く。声に出して答えなくてもそれは妻に通じている。

ご覧の通り、この句は旧仮名であることがとても目立つ。夫婦の生活の一齣をただそのままスケッチしたような内容だが、旧仮名であることで言葉が日常の言葉とは違う雰囲気を帯びる。何でもない言葉に詩情が宿るのだ。「妻がゐて」という導入部も重要だ。妻がいるからこそ、夜長を肯う自分も存在するのである。

俳句は俳人によって歴史的仮名遣い、いわゆる旧仮名で書かれる場合と、現代仮名遣い、いわゆる新仮名で書かれる場合がある。金子兜太のような現代的な作風には新仮名が似合い、澄雄のような古典的な作風には旧仮名が似合う。仮名遣いは俳人それぞれが選んでいる。割合としては旧仮名を使う俳人のほうが多い。私も旧仮名派だ。なぜ今の時代にわざわざ旧仮名など使うのか怪訝《けげん》に思う人もいるかと思うが、この句を見ればその魅力を感じてもらえるのではないか。

この句の二年後、昭和六十三年に妻アキ子は急死した。澄雄が療養のため伊豆の温泉に滞在している間に心臓の発作が起きたのだった。澄雄は妻の死に目に会えなかった。

八月十七日、妻、心筋梗塞にて急逝。他出して死目に会へざりき……

木《こ》の実のごとき臍《へそ》もちき死なしめき

この世のものではなくなってしまった妻を思うとき、まっさきに目に浮かんだのが妻の

「木の実のごとき臍」だった。つまりは出臍だったのだろうけれど、「木の実のごとき」と眺められるとなんと愛くるしいことか。ほのかなユーモアで妻に微笑みかけながら、臨終を見届けてやることもできずに妻を死なせてしまった悔恨の念は底知れず深い。

この俳句は五七五ではなく七五五五のリズムになっている。「木の実のごとき」のゆっくりした序奏に、「臍もちき」「死なしめき」と畳みかけるような言葉が続く。しかも、七五五五すべての終わりが「き」の音。これらが相まって、この句の切迫した調べを生み、それがそのまま澄雄の切々たる心情の表現になっている。俳句にとって調べは大切だ。悲しい、悔しいと直接言わずに、その感情を調べで表すのである。

こうして見ると技巧を凝らした俳句のように見えるが、鍛錬を積んだ俳人にはこのような俳句はかえって一瞬で出来るものである。あえて技巧を凝らそうと構えれば、これほど真っ直ぐに読者に訴える俳句にはならないだろう。

妻亡くて道に出てをり春の暮

澄雄は妻の死から二十二年生きて九十一歳で妻の待つあの世へ旅立った。その間ずっと亡き妻を恋い慕い、その思いを俳句に詠い続けた。

＊

草田男と澄雄、二人に共通するのは、妻を詠むことが自分の存在を確かめることになっていることだろう。妻を詠むことは自分自身を詠むことでもあったのだ。男は外に出れば、程度の差はあれ、思想、信条、社会的立場、プライドといった鎧を着ている。しかし、家に帰って妻といるときは、そんなものはすべて脱ぎ捨てたありのままの自分になっている。だから、妻を詠むことがほんとうの自分を表すことになるのだろう。この二人は別格だとしても、夫が妻を詠んだ秀句は多い。

さて、夫が妻を詠んだ俳句を見たので、次に妻が夫を詠んだ俳句を紹介しよう。そう思って調べ始めた私には、正直言って目から鱗《うろこ》の落ちる発見があった。夫が妻を詠んだ名句はたくさんあるのに、妻が夫を詠んだ名句はないのである。夫が死んだ後ならないわけではない。夫が生きているうちはどうもだめなのだ。今まで気づかなかったのが迂闊《うかつ》だったが、これは驚きであった。

蠣《かき》飯《めし》に灯《とも》して夫《つま》を待ちにけり　　久女

第一章に登場した杉田久女の俳句である。そこで紹介した「仮名かきうみし子にそらまめをむかせけり」と同じく、台所俳句の初期作品だ。蠣は冬の季語。炊き上がった蠣飯を前に夫の帰りを待っている。そらまめの俳句とともに、典型的な良妻賢母の姿が浮かび上がる。卓袱台《ちゃぶだい》を照らす電球の光が幸福そのもののようにまばゆい。

ところで、この俳句の「夫」は「つま」と読む。短歌や俳句では十中八九、いやそれ以上の割合で「夫」を「おっと」ではなく「つま」と読ませている。「つま」とは本来、配偶者を指すものであって、男女の区別はなかった。だから夫をつまと読むのは古典に倣ったものと言えるのだが、私も俳句を始めたばかりの頃は、まわりの人たちがみな当然のように夫をつまと読むので不思議な感じがしたものだ。

毛糸編み来世も夫にかく編まん　　波津女

山口《やまぐち》波津女《はつじょ》（明治三十九年〜昭和六十年）は昭和俳句の大スター、山口誓子《せいし》の妻である。波津女の第一句集のタイトルは『良人《りょうじん》』。良人と書いて「おっと」とも読む。波津女は誓子の妻という立場を前面に出して自分の作風を築いている。来世もこの夫と契って毛糸のセーターやマフラーなど編んでやろうというのはなかなか言えない徹底ぶりだ。この句集には「愛情は泉のごとし毛糸編む」というのもある。

久女の句にせよ、波津女の句にせよ、妻が夫を詠むと、世間の目が良しとする妻を演じてしまうところがあったようだ。そこに一人の自立した人間は出てきにくい。波津女は妻という役割をむしろ積極的に演じ切ったのだが、久女の場合はその役割と久女自身の自我とが次第に軋《きし》みはじめる。「足袋つぐやノラともならず教師妻」に到ってようやく久女はほんとうの自分を詠い上げることができた。

男は妻を詠むと真実の自分が出る。女は夫を離れてこそ真実の自分が出る。そこには時代の制約ということもあっただろう。戦後になると女性たちは伝統的な夫婦観から解放されたが、俳句の中の夫たちはなお不遇であった。

定位置に夫と茶筒と守宮《やもり》かな　　澄子

熱燗《あつかん》の夫《つま》にも捨てし夢あらむ　　和子

池田澄子《いけだすみこ》（昭和十一年〜）、西村和子《にしむらかずこ》（昭和二十三年〜）は近年最も活躍のめざましい女性俳人だが、夫たちの詠まれようと言えばこんなものである。

澄子のこの句は戦後という時代の夫婦像を戯画化して描いている。卓袱台に夫、茶簞笥《ちゃだんす》に茶筒、そして窓ガラスにヤモリ。夕飯の時間だろうか。それぞれが定位置にあることで日常の風景が成り立っている。夫は茶筒や守宮と同じようにそこにあるのだ。

和子の句の夫は、わが家の晩酌でいい気分になっているらしい。かつては人生に大きな夢を描いたこともあったに違いない。今はすっかり忘れてしまっているようだけれど、ここでこうして幸せそうにしてくれているだけで、まあいいか。

しかし、夫が自分より先に死ぬと、多くの女性俳人にとって夫の存在の意味は一変する。和子の夫はまだまだこれから長い余生を共に過ごすはずだった六十歳で亡くなった。

夫　享年六十

林檎剝き分かち与へむ人は亡し　　和子

うつしみは涙の器鳥帰る

さくら咲く生者は死者に忘れられ

林檎を剝いて夫と一緒に食べる。そんな当たり前の幸せに、それを失って初めて気づく。この世に生きる身は、まるで涙の器のように、とめどなく涙を溢れさせる。春になって渡り鳥が帰って行っても、自分は夫のもとに帰ることができない。

亡くなった夫をこんなに思っていても、死んだ人間は生きている人間のことなど忘れてしまっている。桜の花を見上げるとなおさらそんな気がする。それでも生きている者は死者を思うしかない。

――いずれも絶唱である。死んでこれだけ詠んでもらえれば夫も本望だろうが、死者の耳にはこれらの俳句はもう聞こえない。

妻が夫を詠みにくかったのは、日本の社会の価値観の中で、それが作者の自己実現になりにくかったからだと思う。世間の求める妻という役割を離れて俳人として活躍するためには、実生活はともあれ、俳句の上では妻という役割から自立する必要があったのだ。

しかし、そのような夫婦の構図は、現代の若い世代においては薄れているように感じる。夫と妻という伝統的な役割意識が消えかかっている。妻もまた夫と同じ一人の人間である。妻であることは、自己を抑制するものではなくなっている。

夏の雨夫の目覚《めざま》しで起きる　　華子

父となる夫眠れる冬の雨

つ縁である。
江渡華子《えとはなこ》（昭和五十九年〜）は、やはり俳人でもある山口優夢《やまぐちゆうむ》と結婚した。俳句が取り持

夫の目覚しが先に鳴って目を覚ます。夫は新聞記者だから朝が早い日もあるのだろう。しかし、昨夜も遅かったから一向に起きる気配がない。仕方なく先に起きて朝食の支度を始める。妻も働きに行くのだが、この雨の中の取材はたいへんだなと相手を思いやる。

妻は妊娠《にんしん》し、夫はやがて父になる。寝顔を見ていると父親になる自覚があるんだろうかと心許なく思うが、それでも自分の夫が父になっていく過程を親しく感じているのだ。その後、華子は無事に出産、仕事は現在育休中である。

華子の俳句に描かれる夫は、一緒に暮らすパートナーとして、美化もされず、戯画化もされず、ありのままに描かれている。夫を描くことが自分の生活を描くことにもなっている。これが平成の時代の夫婦なのだと思う。

華子の俳句が夫を「おっと」と読ませていることに気が付かれたことと思う。夫を「つま」と読んだとたん、俳句はどこか気取って構えていたのではないか。「おっと」という言葉には生身の存在が感じられる。

夫にとっての妻、妻にとっての夫は時代とともに変わっていく。それに寄り添うようにして、俳句もまた変わっていくのだ。

# 4

散歩をする

## 渡り鳥近所の鳩に気負なし

私が最初に出した句集は『近所』という。これは句集名としてはユニークな部類に入るだろう。一般的に句集名は漢字二字の熟語が多い。けれども、たいていはもっと格調の高い熟語である。「近所」のような卑近な言葉をそのまま句集名に用いることは少ないのだ。

句集をまとめるにあたって、自分で考えた句集名の候補を師匠の藤田湘子にいくつか見せた。もっと格調の高い熟語も用意していたはずだが、湘子は一目見て「近所」がおもしろい、これでいこうと言った。装丁の伊《い》藤《とう》鑛《こう》治《じ》さんはこの題名から着想したのだろう、履き込んだ下駄の写真を表紙にあしらってくれた。この下駄で近所歩きというわけだ。

渡り鳥近所の鳩に気負なし　　軽舟

その句集の最後に置いたのがこの句。『近所』という句集名はこの句からとったのだった。渡り鳥は秋の季語だ。鳥たちは何千キロも旅をして日本にやってくる。松尾芭蕉の「奥の細道」で言うなら、「日々旅にして、旅を栖《すみか》とす」である。旅に死ぬ者も多いだろう。それでも一生漂泊を繰り返す。旅をすることこそが彼らの生きている証なのだ。

それに対して、鳩はいつも近所で暮らしている。伝書鳩のように長距離を飛ぶこともできるのに、たいした巣を構えることもなく街の中の雨露しのげる適当な場所に寝泊まりして、昼間は近所を歩きまわっている。渡り鳥が遠くから旅をしてやってきても、鳩がそれを見上げて気負うことはない。いつもの生活をまじめに続けるだけだ。そんな鳩の生き方に親近感を覚えて作ったのがこの俳句だった。

私だって旅をすることはある。そもそも横浜の家と神戸の家を行き来する生活自体が、常に旅をしているようなものである。それでも、それぞれの家には近所があり、職場にも近所がある。それが私の生活の場なのである。私はそんな近所を大事にして俳句を作ってきた。だから、『近所』という句集名は、私の俳句作りのスタンスの表明と言えなくもない。

神戸の家のある岡本の近所を散歩するのは私のささやかな、しかし大切な楽しみである。散歩には人それぞれの目的があるだろう。気晴らしのため、運動不足解消のため、あるいは犬の散歩のため。どの散歩にも意味がある。しかし、俳句をするとしないとでは、散歩の意味が違ってくると私は感じている。俳句と暮らす人の散歩は、次に来る季節を迎えるための散歩なのである。

俳句を作るようになって、次の季節を迎えることがとてもうれしく感じられるようになったという人は多い。私もその一人だった。俳句の勉強は、まずは歳時記を繙《ひもと》いて季語を覚えることである。あれがたいへんそうだから俳句は億劫《おっくう》だと二の足を踏む人もいるようだが、案ずるほどのことはない、俳句に親しむうちに季語は自然と身についていくものである。

歳時記を傍らに置いて生活していれば、身の回りのあれもこれもが季語であることに気づく。ひとたび季語だと知れば、そうだと知らなかったときとは違う表情を季節の訪れとともに見せてくれる。それに感心しながら暮らしているうちに、季語はいつの間にか頭と身体で覚えてしまう。そうなると、次の季節が来て季語に出会うことがうれしくてならなくなるのだ。

二月の初めに立春が来る。暦の上では春が来ましたなどとニュースで紹介されるが、世間の実感はまだ真冬である。立て続けに寒波が押し寄せ、太平洋側に雪が降るのもこの頃だ。しかし、俳句を作っていると、立春になったらもう春なのである。そこから後戻りすることはない。作るのはもっぱら春の句である。立春を過ぎて冬の俳句を作ることはしない。

春が来たことを確かに感じようと近所を散歩する。ダウンジャケットを着込み、マフラーと手袋をして、白い息を吐きながら歩く。それでも、春になったのだと思えば、光がまばゆく感じられる。岡本の街は晴れていても、六甲山のほうには雲が流れている。山上に降る雪が北風に飛ばされて、日差しの中をちらちら落ちてくる。冬の間見慣れたこの風花《かざはな》も、春になったと思えばもう春の光を帯びている。

道ばたの日だまりには思いのほか濃い緑の草がある。見れば細かい毛の生えた蕾《つぼみ》がいくつかほころんで、小さな白い花を咲かせている。春の七草の一つ、はこべである。こんなにもつつましく、はこべは春が来たことを伝えようとしているのだ。

平凡な言葉かがやくはこべかな

俳句はたった五七五の小さな詩型だが、そこにおさまった何でもない言葉が、はこべの花のようにつつましく輝く。私の俳句もそのようなものでありたいと願う。春をまた迎えることのできたよろこびが、俳句を通して読む人の心に伝われば何よりうれしいのだ。

私たちの生きる時間は、後戻りすることなく前に進んでいく。時間は私たちに否応なく年を取らせ、やがて死をもたらす。けれども、時間は死という終点に向かって、ただまっすぐに進んでいくわけではない。前へ進み続ける時間がある一方で、四季をめぐって循環する時間がある。春、夏、秋と過ぎて冬になっても、それで終わりではなく、また春が来る。葉を落として枯れつくした木々も、また芽吹いて再生する。

俳句が季語を必要とするのは、俳句が後戻りすることなく進む時間と四季を繰り返して循環する時間の交わりに生まれる詩だからだと考えることができるだろう。人の一生を限りあるものにする時間は無情なものだが、四季を繰り返しながらこの世はずっと続いてゆく。永遠にめぐる時間を私たちに束の間夢見させてくれるのが俳句だと言ってもよい。

旅先で次の季節を迎えるのもいいだろう。しかし、季節のわずかな変化を感じ取るのは、ふだんから見知っている近所がふさわしい。そのための散歩なのである。春を満喫して冷え切った体で家に帰る。二月の間にも季節は少しずつだが確かに移っていくのだ。

明るさのけはしさとれて二月尽く

そして三月になると、世間の人たちもやっと春が来たと思い始める。俳人は一か月早く春を楽しめるのである。春を迎えるよろこびは格別だけれど、夏も、秋も、冬も、正月も、それぞれに季節を迎えるよろこびがある。季節を迎えるということに感性を磨いてきたのが日本の詩歌の歴史でもあった。

秋きぬと目にはさやかに見えねども風の音にぞおどろかれぬる　藤原敏行《ふじわらのとしゆき》

古今集に収められたこの歌、まだ夏と見まがう暑さの中で、暦の上では立秋になった。秋が来たとはっきり目に見えるわけではないが、風の音に秋の訪れを感じたのだ。このいにしえの歌人もまた、次の季節を迎えるために近所の散歩を大事にしていたのではあるまいか。

＊

ここで私の散歩コースを一つご紹介してみよう。このコースを散歩するために私はここに住んでいるのだとすら私には思われるのである。

私の住まいは阪急電鉄神戸線の岡本駅の前にある。ここは特急停車駅なのだが、駅前にロータリーもなく、およそ駅前らしくない駅前である。改札口を出るとすぐ目の前は蔵のある一軒家。その隣に築五十年近い小さなマンションが建っている。このマンションが私の住まい、一軒家は大家の家である。

マンションは古いなりに雰囲気があり、一階には小綺麗《こぎれい》なブティックが入っている。私の部屋は駅前通りに面した三階。窓の下にはいつも多くの人が歩いている。

岡本の街には、阪神・淡路大震災の後に石畳《いしだたみ》が敷かれた。これが岡本はお洒落《しゃれ》な街というイメージに一役買っている。石畳が敷いてあっても普通の道路なのだが、人の心理はおもしろいもので、アスファルトの道だったら脇に寄って歩くものを、石畳だと平気でまん中を歩く。自動車が来ても避けようとしないから、自動車のほうがあきらめてクラクションも鳴らさず人の歩く速さで進む。だから駅前通りと言っても自動車は少ない。

この街に多いのはパン屋と雑貨屋とカフェである。甲南大学があってもともと若者が多いのだが、休日ともなるとガイドブックを片手に目当ての店を訪ねがてら散策に来る人もいる。その一方で、八百屋、魚屋、肉屋といった一般的な商店街にある店が見当たらない。岡本はそんな街である。

さて、散歩である。まずは阪急の線路を越えて北へ向かう。海に沿って続く神戸の市街地は、北に山、南に海があるので、暮らす人々は方向を山側、海側と意識する。例えば神戸の元町にある大丸百貨店に入ると、店内に山側、海側の案内表示がある。それに倣えば、散歩の初めは海側を背にして阪急の踏切を渡り、山側に向かうのである。

阪急沿線に暮らす人たちは、阪急電車の色に愛着を持っている。小豆《あずき》のようなこの色は、正しくはマルーンと呼ぶ。フランス語のマロンに由来する名称だ。よその電車のデザインがどんなに変わっても、阪急はマルーン一筋。塗装のいらないステンレス車輛《しゃりょう》よりコスト高だが、かたくなにこの色を守っている。そして、この色が阪急沿線のちょっと気取ったイメージの象徴になっている。

## 踏切に見上ぐる電車クリスマス

踏切から見上げると電車の窓は意外と高い。クリスマスともなるとリボンのついた大きな包みを抱えた人もいて、車内に華やいだ雰囲気がある。

阪急線から海側は商店街だが、踏切を渡って一歩山側に行くともう店は一軒もなく、上り坂に沿って静かな住宅地が続く。岡本は関西の住宅地では最も地価の高いエリアの一つである。

私は十数年前にも転勤で岡本に三年間暮らした。その時は家族四人でこの住宅地の一角にある社宅に住んでいた。阪神・淡路大震災に耐えた一戸建の家は相当ガタが来ていたが、目を引くのは大きな花崗岩《かこうがん》の自然石を積んだ立派な石垣だった。この石垣はこのあたりの古い住宅地によく見られるものである。六甲山は花崗岩で出来ている。沿線の住宅開発にあたってその花崗岩が使われ、岡本の西隣の御影の名をとって御影石《みかげいし》と呼ばれた。「阪神間《はんしんかん》」という言葉がある。関西では日常的によく使われるものだ。文字通り大阪と神戸の間ということに他ならないのだが、単に地域を指すだけではない独特のニュアンスを帯びている。それは大阪近郊の住宅地の開発の歴史に由来する。

阪神間に鉄道が敷かれたのは、明治七年の官営鉄道が最初である。これが今のJR神戸線。しかし、蒸気機関車の走る長距離鉄道だったから、駅の数は今よりずっと少なかった。次に出来たのが明治三十八年の阪神電気鉄道。これは海沿いの集落を結んで走り、駅間が短い。日本で最初の都市間電気鉄道だった。最後に出来たのが山沿いを走る阪急で、大正九年に開通した。

阪急の創業者小林一三《こばやしいちぞう》の名をとって小林一三モデルと呼ばれる私鉄経営のビジネスモデルが知られている。小林が最初に手掛けた鉄道は大阪と宝塚・箕面《みのお》を結ぶものだった。しかし、当時のこの路線では乗る客の数は多寡《たか》が知れている。そこで小林は一方の終点の宝塚に温泉を中心としたレジャー施設、もう一方の終点の梅田に日本で最初のターミナルデパートを設け、それをつなぐ沿線には新興階級であるサラリーマン向けの住宅を開発して分譲した。

小林の発案による宝塚歌劇は、もともとは温泉客向けの余興であり、第一回公演は「ドンブラコ」(桃太郎である)だった。鉄道を敷き、その利用客を自ら作り出しながら、関連事業によって開発利益を吸収する。日本に私鉄文化が形成されたのは小林一三モデルによるところが大きい。

近代の大阪は商工業の中心として大発展を遂げるが、工場の煤煙《ばいえん》などで居住環境は悪化した。そこで富裕層は環境のよい郊外に屋敷を構えて住み始めた。明治の終わりから大正、昭和初期にかけては、阪神間に優良住宅が広がっていく時期だった。阪急、阪神の両社もこぞって住宅の開発を進めた。それに伴って郊外生活には「阪神間モダニズム」と呼ばれる新しい文化が定着する。阪神間という言葉には新興中流階級の成長とその郊外移住、そして彼らに流行した文化の伝播というニュアンスが含まれるのだ。大阪と神戸の間という地理だけを指すものではないのである。

阪急神戸線の沿線で最初に開発された住宅地が岡本だった。開通の翌大正十年に、岡本駅周辺を含む一万七五五七坪の住宅地が分譲されている。北は山で遮《さえぎ》られ南は海に向かって開けた斜面は、雛段《ひなだん》状の住宅地にするにはお誂《あつら》え向きだった。当時の案内図を見ると、私が家族と住んだ社宅も、そして駅前の大家の家と私の暮らすマンションも、その当時分譲された土地である。駅前まで住宅地として分譲してしまったからロータリーも作れなかったのだ。

散歩に戻ろう。踏切を渡るとそんな古い住宅地を歩くことになる。阪急沿線は山際で比較的地盤がよいのか、阪神・淡路大震災のときに倒壊を免れた家が多かった。岡本界隈《かいわい》も古い屋敷があちこちに残っている。それでも十年前に比べるとずいぶん減りはした。大きな家がなくなると、小さく区画されて分譲されるかマンションが建つ。それでも整然とした区割りと御影石の石垣のおかげで今も往年の屋敷町の面影はよく残っている。

## 片《かた》陰《かげ》や膝いそがしき三輪車

片陰というのは夏の季語。午後になって日が傾き始めると、道の片側にだけ日陰ができる。白い日傘を差した母親に見守られて、幼子が片陰に沿って一心に三輪車を漕《こ》ぐ。家族とここに住んでいた頃は、息子は小学生、娘は近所の幼稚園に通っていた。今は大学生と高校生になったが、石垣の角から三輪車の子どもが飛び出すと、思わず時間が十数年前に遡《さかのぼ》る気がする。

そんな住宅地をしばらく歩くと保久良《ほくら》神社への登り口である。ここから脇道にちょっと入ると谷崎潤一郎《たにざきじゅんいちろう》の旧居がある。案内板も何もないが、当時のままと思われる日本家屋である。谷崎は関東大震災の後、地震を恐れて関西に移住した。引越好きらしく阪神間を転々としているが、岡本にも数か所で暮らした。なかでも谷崎自身が意匠を凝らして新築した鎖瀾《さらん》閣《かく》が有名だが、阪神・淡路大震災で倒壊して跡形もない。保久良神社登り口の家には、五・

一五事件の年の暮から半年ほど住んだ。となると結婚前の松子もここを訪ねてきたことだろう。しかし、今は人が住んでいる様子もない。

保久良神社へ登っていこう。家並みが途切れると、雑木林の中を上り坂が続く。舗装はされているが、車止めがあるので自動車は入れない。ハイカーや散歩の人が行き交うだけの静かな道である。気持ちよく息がはずんだ頃、標高百八十メートルほどの保久良神社に着く。神社の鳥居の前からは岡本の街とその先の大阪湾が見渡せる。そこに石の常夜灯が一つ建っている。

春風や灘の一ッ火草の中　　隆世

この俳句は『神戸の俳句』という私家版の本で見つけた。著者の友岡子郷《ともおかしきょう》は神戸生まれの俳人。甲南大学の卒業生だから岡本は慣れ親しんだ町だろう。中杉隆世《なかすぎたかよ》（昭和十年〜）のこの句は保久良神社の常夜灯を詠んだものである。友岡の解説によれば、この常夜灯が造られたのは文政八年（一八二五年）。地元の村人たちが舟人のために毎夜交代で油を注ぎ、灯を点し続けた。これが灯台の役割を果たして、「沖の舟人たよりに思う、灘の一ッ火ありがたや」と唄われたそうである。今はこの句の通り、草の中にぽつんと建って、現代の港湾風景を見下ろしている。

保久良神社は大きな神社ではないが、楊梅《やまもも》の古木の多い森に囲まれ厳かに鎮まっている。料亭「灘萬《なだまん》」の家に生まれた俳人、楠本憲吉《くすもとけんきち》の母は、憲吉が学徒兵として入隊してから終戦までの三年間、子の無事を祈願して毎朝欠かさず素足で保久良神社に詣でたそうである。このエピソードも『神戸の俳句』で知った。地元の人にとってはそれだけ親しまれた神社なのだ。

住む町を見下ろす神社初《はつ》鴉《がらす》　軽舟

私は正月には家族の家に帰って過ごし、その近所の神社に初詣をするが、神戸に戻るとなるべく早い機会に保久良神社に登る。私のふだんの生活を見守ってくれている神社なのである。

保久良神社から六甲山にかけてはハイキングコースの山道になる。それを小一時間も登ると、風吹岩《かざふきいわ》という見晴らしのよい地点に出て、六甲山頂方面が一望できる。私も年に何度か風吹岩まで登る。登山者の多くはそこから標高九三一メートルの六甲山頂を目指すのだが、無精な私はまだ一度も試みていない。

ハイキングコースの入口には草の茂った小さな梅林がある。裏山散歩の愉しみの一つは帰ってから壺《つぼ》や籠《かご》に生ける草花を少々いただいてくることだ。この梅林には野菊が多く、数本切ってリュックに収める。もう一つこの梅林に多いのは猪である。野菊を切りながら、ふと何かが過《よぎ》った気配に顔を上げるとやはり猪であった。れっきとした野生の猪である。梅林にはベンチがあって休憩場所になっているが、たいてい猪がうろうろしている。それでもここを散歩する人は慣れているので慌てることもない。互いに干渉せず憩っている。

猪は年々増えているようである。秋になると瓜坊《うりぼう》を見かけることも多い。ちょこちょこ動き回って可愛らしい。

## 瓜坊も鼻使ひをり秋の土

猪は鼻を使って土を掘り返す。山中の地面を掘り返した跡のすさまじさに、その鼻の威力を目の当たりにすることもしばしば。瓜坊にはまだそんな力はないのに、熱心に鼻を動かして歩き回っている。瓜坊だけならよいが、親猪が一緒に道をふさいでいるとさすがに気味が悪い。ただ、これまでのところ私の出会った猪はすべておとなしい。足をどんどんと踏み鳴らすと、仕方なさそうに道を避けて脇の藪《やぶ》に入ってくれる。

ハイキングコースをひと登りして淡路島までの展望を楽しむのもよいのだが、日も西に傾いてきたから、登りとは別の道を下って帰ることにする。どうやら保久良神社のすぐ下に、かつて立派な屋敷があったらしい。そこから街まで石垣のある静かな舗装路が続いている。楓《かえで》の巨木が多く、晩秋初冬の紅葉は見事である。

細い川に沿った小さな公園に出るとここからは岡本の住宅街だ。かつてこのあたりは山に沿っていちめんの梅林だったそうである。江戸時代には「梅は岡本、桜は吉野、みかん紀の国、栗丹波」と謳《うた》われる梅の名所だった。今でも神戸市東灘区の花は梅だ。しかし、かつての梅林は住宅地に変わってしまってほとんど残っていない。近年整備された梅林公園と保久良神社の梅林がつつましく「梅は岡本」を謳っている。

細い川は天上《てんじょう》川と言う。古い石垣の底を流れて岡本の街を下る。雨が降らなければ水は少なく、この川床はさながら猪のサンクチュアリーとなっている。猪は岡本駅のあたりまでこの川を伝って下りてくるのだ。猪が増えたせいか街中で人とのトラブルも生じている。私の住まいは岡本の一丁目だが、最近七丁目で高校生が尻を嚙まれたと報じられた。嚙まれた高校生は気の毒だが、私には瓜坊たちの行く末が案じられる。なんとか平和に共存したいものだ。

岡本に住んだ俳人として、金子兜太は既に紹介した。あと二人、波多野爽波《はたのそうは》（大正十二年

〜平成三年）と和田悟朗《わだごろう》（大正十二年〜平成二十七年）に触れておきたい。

原稿投函そのまま春の山にいる
吾《あ》を容《い》れて羽ばたくごとし春の山
春山にゆるぶがままの帯の総《ふさ》　　爽波

これらの俳句に詠まれた「春の山」は、私が皆さんをご案内した岡本の裏山である。「春の山は何ともなつかしい気やすい場所である」――爽波は一年のうちでも春の山が気に入っていたようだ。「たまの休日など、ふと心が動くと、ふだん着のまま、げたをつっかけてこの春山に会いにゆく。少し登ってすぐ下りてきてしまうこともあれば、かなり奥深くまで行くこともある。どこから登ってもどこから下りてこようと少しも気がねのない気やすい春の山である」と自句自解に記している。

爽波もこの山の散歩者だったわけだ。爽波は家にいる時は常に和服だったから、山を歩くのも着物に下駄履きなのである。頼まれた原稿を仕上げてポストに投函するとそのまま山に入って気ままに歩く。「吾を容れて羽ばたくごとし」とは、木々が芽吹き、鳥たちが囀《さえず》り始めた春の山の気分を満喫しながら思わず生まれた発想だろう。着物の帯の総が緩むのも気にせず下駄を鳴らして歩いた。

爽波は祖父が宮内大臣を務めたという子爵の家柄に育ち、学習院の中学、高校を経て京都大学に進んだ。学習院の後輩の三島由紀夫《みしまゆきお》は、爽波のことを「眉目清爽の美青年であつた」と書いている。京大卒業後は三和銀行に入った。爽波が岡本の住人になったのは昭和三十二年、大阪本店勤務になったのを機に岡本にあった銀行の社宅に入ったのである。京都に転居するまで十数年間を爽波はこの街で暮らした。

当時の爽波の住所は本山町岡本字古川とあって、今の岡本三丁目に当たる。そこから阪急の線路を越えた山側に甲南大学がある。爽波が引っ越して来る前に金子兜太の住んでいた日銀の社宅もこの近くである。

和田悟朗の家は天上川沿いにあった。大阪大学理学部を卒業し、物理化学者としての道を歩んだ和田は、昭和二十六年、当時勤務していた神戸女子薬科大学に近い岡本に住むことになった。年譜にある住所は武庫《むこ》郡本山村岡本梅ノ谷。まだこの界隈が神戸市に編入される前だったようだ。岡本の梅林は昭和十三年の阪神大水害で大半が崩落してしまうのだが、和田の当時の住所には梅の名所の名残がある。

阪神大水害は谷崎潤一郎の『細雪《ささめゆき》』にも描かれている。四女の妙子が九死に一生を得た洋裁学校は現在の西岡本である。その様子を見に行く二女幸子の夫貞之助の目に映った岡本以西は次のような光景だった。

「いったいこの辺は、六甲山の裾《すそ》が大阪湾の方へゆるやかな勾配をもって降りつつある南向きの斜面に、田園があり、松林があり、小川があり、その間に古風な農家や赤い屋根の洋館が点綴《てんてい》しているといった風な所で、彼の持論に従えば、阪神間でも高燥な、景色の明るい、散歩に快適な地域なのであるが、それがちょうど揚子江や黄河の大洪水を想像させる風貌《ふうぼう》に変ってしまっている。そして普通の洪水と違うのは、六甲の山奥から溢《あふ》れ出した山津浪なので、真っ白な波頭を立てた怒濤《どとう》が飛沫《ひまつ》を上げながら後から後からと押し寄せて来つつあって、あたかも全体が沸々《ふつふつ》と煮えくり返る湯のように見える。たしかにこの波の立ったところは川でなくて海、――どす黒く濁った、土用波が寄せる時の泥海である」

この大洪水を引き起こしたのは住吉川だが、和田の家の前の天上川は川とも言えないほどの細い流れである。和田の俳句に出てくる「川」の多くはこの天上川なのだろうと思う。

秋の暮不遇の犬は川沿いに　　悟朗
てのひらに月欠けそめて川渡る
天上に川あるごとく靴流る

写生を重んじた爽波の俳句に対して、悟朗の俳句はしばしば形而上的《けいじじょうてき》で難解である。「天上に川あるごとく靴流る」も現実的に解釈されることを拒むような俳句だが、発想の端緒は天上川を流れていた靴なのではないかと気づくと、近所の者としてはちょっとうれしくなる。悟朗は八十九歳で読売文学賞を受賞した。その年の春、私は関西現代俳句協会の総会で講演を頼まれ、その折、ほんの少しだけれど悟朗さんと話すことができた。私が岡本に住んでいると言うと、自分は震災まで天上川西岸に住んでいたとなつかしそうな顔で話された。

寒暁や神の一撃もて明くる

平成七年一月十七日明け方、悟朗はその家で阪神・淡路大震災に遭った。悟朗は無事だったが、家は全壊した。これを機に悟朗は奈良女子大学教授として長く通った奈良に居を移したのだ。

悟朗は平成二十七年、九十一歳で亡くなった。その家のあったところは、今もそこだけぽっかり空地になっている。なつかしい野原の雰囲気は悟朗さんの人柄に似つかわしい。

ここから川沿いを少し下ると小さな橋がある。岡本駅から西へ石畳の道を歩くとこの橋に出る。「そこから兜太さんは橋を渡りさらに真直ぐ行く。私は橋を渡らず右に曲り河に沿って北へ行く」、悟朗はそう記している。先日熊谷の家に金子兜太を訪ね、岡本にいた当時の話も聞いた。

「金子先生も岡本を散歩されましたか？」

「ああ、したね。家族で海のほうまでよく歩きました」

「海ですか？」

岡本から海に向かっても、今は港湾地帯の先に人工島が見えるだけである。

「このあいだ息子が岡本を見に行ったんだが、すっかり変わっていて親父が行ってもどこだかわからないよ、と言ってたなあ」

人通りの多い岡本駅前を抜けて私の住まいに戻る。散歩コースとしてはゆっくり歩いても小一時間だ。部屋はもう夕闇に満たされている。セットしておいた炊飯器から甘い香りの湯気が噴き出している。

＊

俳句を作る者は誰しも漂泊の詩人たる松尾芭蕉にあこがれる。俳句は日常を離れ、遥かな旅に出て詠むのがかっこいい。近所の散歩で済ませていたのでは芭蕉のような風狂の世界に入ることはできないのではないか。私もサラリーマンでなければ芭蕉のような境地に身を置いてみたいと思わないでもない。

芭蕉はふつうに暮らす人たちのあこがれを、ふつうに暮らす人たちの代わりに、自分の生涯を賭《と》して実現した俳人である。家族を持たず、俳句仲間からの施しだけで暮らしながら、ふつうに暮らす人たちには真似できない漂泊の人生を貫いた。しかし、実際の私たちは、家族を持ち、仕事を持って、それぞれの日常を暮らしている。漂泊の理想は芭蕉に託して、ふつうに暮らしながら俳句を作るしかない。となれば、近所の散歩といえども、俳句を作る糧としなければもったいない。

近代俳句を確立したのは正岡子規（慶応三年〜明治三十五年）と高浜虚子（明治七年〜昭和三十四年）である。この二人の散歩を紹介してこの章を結ぶことにしよう。子規の「郊外散歩」と虚子の「縁側散歩」だ。

子規が俳句革新を進める原動力となった理念が写生である。「写生は画家の語を借りたるなり」と子規が記しているとおり、子規の言う写生は絵画から持ち込まれたものだ。スケッチ帖を携えて見たままに対象を写す。それが近代俳句の写生の出発点なのだ。子規は明治二十七年三月に画家の中村《なかむら》不折《ふせつ》と知り合った。写生という言葉を子規は不折を通して知ったのだった。そして、俳句においてその写生を実践に移したのが郊外散歩なのである。

子規は学年末試験に落第したのを機に大学を中退、叔父の友人だった陸羯南《くがかつなん》社長の世話で新聞『日本』を発行する日本新聞社に入社した。松山にいた母と出戻りの妹を東京の根岸に呼び寄せ、月給で暮らすサラリーマンになったのである。子規は『日本』に俳句欄を設け、さらに日本新聞社が政論中心の『日本』とは別に家庭向けに創刊した新聞『小日本』の編集を担当することになった。新聞というマスメディアに発信の場を得たことは、俳句革新を大きく後押しする力になった。

しかし、この『小日本』は経済上の理由により半年ほどで廃刊になってしまう。俳句欄は『日本』に戻されたものの、子規は仕事が減って手が空いてしまった。

「それで自分は余程ひまになつたので秋の終りから冬の初めにかけて毎日の様に根岸の郊外を散歩した。其時は何時《いつ》でも一冊の手帳と一本の鉛筆とを携へて得るに随て俳句を書つけた」（正岡子規『獺祭書屋俳句帖抄』上巻）

これが子規の郊外散歩だ。子規はこのとき初めて「写生的の妙味」がわかったような心持ちがしたと言っている。子規は写生に開眼したのである。

ただし、出来た俳句は子規自身も認めているように平凡だった。

掛稲《かけいね》に螽《いなご》飛びつく夕日かな　　子規

よその田へ螽の移る日和かな
吾袖《わがそで》に来てはねかへる螽かな

稲刈の進む田んぼにイナゴが跳びはねている。明治時代の根岸郊外にはこんな風景が広がっていたのだ。子規は見たまま、思いつくまま手帳に俳句を書きつけていく。それが子規には愉快だった。平凡な風景が平凡なまま俳句になる。平凡ではあるが、これも子規自身が言っているように厭味《いやみ》がない。この厭味のなさが俳句革新の力になるのである。

子規が俳句革新を唱えて攻撃の対象にしたのは、江戸時代の残滓《ざんし》を引きずった宗匠たちの俳句だった。彼らの俳句は機知的、技巧的、通俗的で、子規には詩としての清新さを失っていると見えた。子規はそうした古くさい趣味性を一掃しようとしたのだ。子規は彼らを旧派あるいは月並派《つきなみは》と呼んだ。月並とは本来は月ごとのという意味であり、旧派宗匠の月例の句会を指していた。それが今日、陳腐であることと同義に使われるようになったのは、子規の月並派批判に由来する。

写生は見たものを見たままに写す。そのシンプルな理念は、旧派が重んじてきた古くさい価値を一掃するのに好都合だった。郊外散歩の成果は素朴で平凡な作品ばかりだが、それによって俳句は近代文学としてのスタート地点に立つことができたのだ。

子規は自ら志願し従軍記者として赴いた日清戦争の戦地で結核が悪化、やがて脊椎《せきつい》カリエスを生じて病床から離れられなくなった。それでも子規は、病床から見えるわずかな世界を写生し続けた。

糸瓜《へちま》咲《さい》て痰《たん》のつまりし仏かな

写生開眼の契機となった郊外散歩から八年後、子規の絶筆の一句である。庭には糸瓜の花が咲いている。そしてここに痰のつまった死人がいる。死につつある自分自身をもあるがままに写す。これは子規が一生の最後に到達した究極の写生と言えるだろう。

子規の弟子であり、子規の後を継いで近代俳句を大きく発展させたのが高浜虚子である。今日に至るまで俳人としての業績で文化勲章を受章した唯一の存在だ。虚子はすぐれた俳人であると同時にすぐれた経営者でもあった。子規の仲間が松山で創刊した雑誌「ホトトギス」の経営を東京に引き取り、夏目漱石の「吾輩は猫である」を掲載して文芸誌として名を馳せた後、明治の終わりからは俳句雑誌としての性格を明確にし、「ホトトギス」即俳壇ともいうべき隆盛を誇って近代俳句の発展の中心に位置し続けた。大正十二年に丸之内ビルヂングが落成すると、虚子はその一室に「ホトトギス」の発行所を移した。近代的オフィスの先駆けとなったこのビルに、虚子は鎌倉の家から和服姿の懐に定期券を携えて毎朝出勤した。

太平洋戦争が始まり、やがて鎌倉の家にも空襲の危険が迫ると、足の不自由な妻を心配して、虚子は信州小諸《こもろ》に疎開した。昭和十九年秋のことである。このとき虚子夫妻が借りて暮らした家は、今も小諸に残っている。八畳と六畳の二間だけの簡素な家である。温暖な鎌倉と違って小諸の冬は厳しい。よくこんな家で冬を過ごしたものだと思う。しかも、虚子はもう七十歳の老いの身である。小諸の家で厳しい冬を乗り切るために虚子が始めたのが縁側散歩だった。

小諸の家には三間《げん》半の縁側があった。ガラス障子を通して日がよく差し込むので、天気のよい日は暖かい。縁側散歩というのは、この縁側をおよそ一時間行ったり来たりするのである。日が傾き始めても、その日を追い、ガラス戸に身をすりつけるようにして歩く。日が差さない日は、この縁側も散歩には寒い。それでも虚子は日課のように散歩した。寒いとだんだん足が早まり、ついには駆け足で行ったり来たりする。そのときふいに日が差すと、たちまち足はゆっくりになり、猫が身体をすりつけるようにガラス戸に身をすりつけて歩いた。

小諸に遅い春が来ると縁側散歩の季節は終わり、近所を散歩できるようになる。


鶏《とり》にやる田芹摘みにと来し我ぞ　　　　虚　子

蓼科《たてしな》に春の雲今動きをり

山国の蝶を荒しと思はずや

鶏の餌を摘みに来たのだ。ただぶらぶら遊んでいるわけではない。せっせと働く土地の人に向かって、茶目っ気をこめて呼びかけるような俳句だ。小諸から南に望む蓼科山は、そこから春がやって来るかのような穏やかな山容に雲を浮かべている。山国の小諸では蝶の飛び方もどこか荒々しく感じられる。そう思いませんか。都会から訪ねて来た人に虚子は問いかけている。

海に面した松山に生まれ育った虚子にとって、小諸への疎開は初めての山国での生活だった。そこでの暮らしは虚子に新鮮な感興をもたらした。地元の人々とも親しくなり、虚子の家を訪ねてくる俳人も増えていった。虚子は結局昭和二十二年の秋まで小諸で暮らしたのだった。

小諸時代の虚子に美しい挿話がある。虚子自身によって「虹」「愛居」「音楽は尚《な》ほ続きをり」「小説は尚ほ続きをり」の四編の小説風の文章にまとめられた若く美しい女弟子森田愛子《もりたあいこ》との師弟の交情である。愛子は胸を病み、鎌倉の療養所で知り合った虚子の門人伊藤柏翠《いとうはくすい》とともに、郷里である福井県三国《みくに》の母のもとに身を寄せていた。母は三国の名妓で、地元の財産家との間に愛子が生まれた。柏翠と愛子は互いの病気を理由に結婚をあきらめ、二人で虚子を師と仰いで俳句に打ち込んでいた。

虚子が三国を訪ねた折、愛子と母と柏翠は敦賀《つるが》まで虚子を送った。そのとき空に虹がかかり、愛子は「あの虹の橋を渡つて鎌倉へ行くことにしませう。今度虹がたつた時に……」と独り言のように言った。

やがて小諸に疎開した虚子は、ある日、すばらしい虹が立ったのを見た。

浅間《あさま》かけて虹のたちたる君知るや

虹たちて忽《たちま》ち君の在る如し

虹消えて忽ち君の無き如し

虚子はこの三句を葉書にしたためて三国の愛子に送ってやった。十月二十日の作である。山国の秋を惜しみながら虚子は散歩をしていたのだろう。虹は本来は夏の季語である。しかし、この虹はもう現実の季節を超えて、老いた師匠と若い弟子の心の間に懸かっているかのようだ。そんなロマンチックな虹を仰ぐ散歩もいい。

ニジ　キエテスデ　ニナケレド　アルゴ　トシ　アイコ

翌年の春、愛子は生死の境を彷徨《ほうこう》しながら、虚子に電報でこの俳句を送ってきた。まだ二十九歳のはかない死だった。

# 5

## 青桐や妻のつきあふ昼の酒

私は沢山は飲まないが酒は好きである。外で飲まなくても家で飲む。だから飲まない日はほとんどない。家で飲むのは寝る前である。一人暮らしで晩酌をやると後片付けが面倒になる。酔っぱらって俳句の仕事も捗《はかど》らない。今日一日はこれで終わりとなってから猪口《ちょこ》に数杯の酒を飲む。その旨いこと。蒲団に入るとほんのり酔いが廻り始め、気持ちよく眠りに引き込まれる。

外で飲むときはもう少し飲む。私にちょうどよい酒量は日本酒ならせいぜい二合までである。妻の酒量は私の七掛け程度、これが頃合がよい。夫そっちのけで妻にぐいぐいいかれてはおもしろくない。かといって一口も飲まないのではつまらない。七掛けくらいでついてきてくれるのが心地よいのだ。

青桐《あおぎり》や妻のつきあふ昼の酒　　軽舟

この俳句ができたのはもう十数年前のことだ。当時は子どもがまだ小さかったので、私の転勤に家族もついてきて、今の一人暮らしと同じ神戸の岡本に住んでいた。たまたま平日に私の休みがとれたので、息子が小学校、娘が幼稚園に行っている僅《わず》かな時間に妻と二人で京都に出かけたのだ。国立博物館の展覧会を見てから、京都駅ビル七階の「和久傳《わくでん》」で昼飯にした。大きなガラス窓越しに市街地を展望するカウンターである。

青桐（梧桐とも書く）は夏の季語である。もともと亜熱帯の樹木だが、丈夫なので街路樹として多く植えられている。初夏になると野球のグローブのような大きな葉をつける。それがゆさゆさと風に吹かれるといかにも夏が来たという気分になる。

一人五千円の料理はとてもおいしかった。青竹から注ぐ酒もすがすがしい。明るいうちに飲む酒は、なんとなく面映ゆくて、夜の酒とは違った気分である。七掛けでついてくる妻といい気持ちになったが、のんびりはしていられない。神戸に取って返し、娘を幼稚園に迎えに行く。家で午睡をしてから、夜は息子を連れて甲子園球場に阪神・巨人戦を見に行った。

後で知ったのだが、駅ビルの和久傳は私の俳句の師匠である藤田湘子の気に入りの店だった。足の便がよく気軽に入れるから関西に用事があるたびに立ち寄った。まだ三十代の若さでこの店を任されていた緒方俊郎《おがたとしろう》という料理人を贔屓《ひいき》にしていた。

緒方さんはその後、室町和久傳の総料理長を務めてから独立し、四条烏丸《しじょうからすま》に近い静かな路地に「緒方」という店を開いた。「鷹」の仲間から湘子先生が贔屓にしていた料理人の店だからと誘われて、私もすでに名店の誉れ高いその店を訪ね、緒方さんの料理を堪能した。あの昼酒の折に妻と感心して味わったのはこの人の料理だったかと納得する。湘子が生きていたらどんなに喜んで通ったことだろう。湘子は緒方さんが店を持つ三年前に癌で亡くなった。七十九歳ではまだまだこの世が名残惜しかったことだろう。横浜の自宅で息を引き取ったのが四月十五日だが、四月二日に京都で弟子二百人を相手に最後の指導に当たった。そのときも室町和久傳に赴き、緒方さんの料理に今生の別れを告げたのだった。

湘子は食いしん坊ではあったが、食通という気取った感じではなかった。デパートの地下の食品売場が好きで、うまそうなものを探して歩いた。といってもことさら高級志向というわけではない。コロッケだとかあんぱんだとかも好きだった。「鷹」の定例句会の後の懇親会は居酒屋のチェーン店だったが、店の出す刺身などには箸をつけず、自分の買って来たもので酒を飲んだ。湘子の近くに坐《すわ》るとコロッケが回ってきた。好きな食べ物は庶民的なものが多かったが、その一方で緒方さんのような天才肌の料理人を見出して追っかけた。不思議な人だった。

私は二十五歳で湘子に入門した。投句を始めて数か月経った頃、湘子の指導する定例句会に初めて顔を出した。人数は百人以上いたと思う。句会が終わって駅に向かい、そのままそくさと帰ろうとすると、湘子に呼び止められ、懇親会に連れて行かれた。「おい、こいつの分は俺が出すから入れてやってくれ」と湘子が幹事に声をかけた。初めての人間にいちいち奢るのでは俳句の指導者もたいへんだなと思ったが、このときは特別だったらしい。私がまだ学生のような風采で、よっぽど金に困っていそうに見えたのか。

湘子は「置酒歓語《ちしゅかんご》」をモットーにしていた。句会の指導は厳しかったが、句会が終われば裃《かみしも》を脱ぎ、酒を酌み交わして大いに語らおうというのである。湘子は置酒歓語の精神を石田波郷に仕込まれたのだが、それについては後で触れる。ともかく湘子は仲間と酒を飲むことが好きだった。私は湘子に弟子入りしてから湘子が亡くなるまでの十九年間、さまざまな形で置酒歓語に付き合うことになった。

君達の頭脳硬直ビヤホール　湘子

酒席の湘子は常に座の中心にあって闊達に話した。相手が弟子たちであれば、飲むほどに、話すほどに意気軒昂《いきけんこう》だった。こんな句ができたぞとあるとき酒席で披露したのがこの句である。ビールが夏の季語なので、ビヤホールを詠んだこの句も夏。「鷹」の編集会議の後の湘子を彷彿《ほうふつ》とさせる句だ。平成十年の作だから編集長は小澤實《おざわみのる》、私はその次の編集長に指名されていた。会議の湘子は私たちにさんざん意見を言わせた挙句、どうして皆そう頭が固いのかとぼやいて自分の考えを示した。湘子には俳句雑誌の編集を波郷に叩き込まれた矜持《きょうじ》があったし、五十代半ばで退職するまで国鉄広報部でさまざまな企画に携わっていたから、アイデアは豊富であり、年を取っても発想が柔軟だった。この句は恐縮する弟子たちの前にジョッキを掲げて上機嫌な先生の顔を、今となってはなつかしく思い出させる。

酒の飲み方では真っ先に、盃を手にしたら肘《ひじ》を上げよと指導された。肘を下げて盃を舐《な》めているようでは情けない、肘を上げて堂々と飲めというのである。確かに盃を手にして肘を上げると、背筋が伸びて顔も上がる。酔いも加わってなんとなく恐いものがなくなったような気分になる。そういえば茶道で茶をいただくときも肘を上げる。万事に通じることなのだろう。

肘あげて能面つけぬ秋の風　　軽舟

私は能を習ったことも能面をつけたこともないが、能面をつけるときに肘が下がっていては様にならないだろうと思った。この句は湘子に教わった酒の飲み方の応用である。

＊

湘子は句会の後に必ず酒を飲んだ。句会に来て飲まずに帰る仲間がいると寂しがった。一緒に酒も飲まずに俳句が上手くなるものかという考えだった。酒席で私たちに大きな雷を落とすこともあったが、だいたいは明るく朗らかな酒だった。湘子はどこでこのような酒を覚えたのだろう。

湘子は水原秋桜子の弟子である。太平洋戦争のさなかに十七歳で秋桜子の主宰する「馬酔木《あしび》」に入会した。終戦前後の混乱期を経て、戦後の「馬酔木」復刊当時は二十代前半。秋桜子の慈しむような指導を受け、若き俊才として瞬く間に頭角を現した。

しかし、秋桜子は酒をまったく飲まない人だった。煙草も吸わない。胡坐《あぐら》をかくとひっくり返ってしまうのでいつも正坐だった。小田原城下の職人町に生まれ育った湘子にとっては、行儀が良すぎて緊張を強いられた。

秋桜子は家業の産婦人科病院の経営や大学教授の仕事に加えて、戦前の宮中の侍医を務めた。それもあってますます品行方正になったのだろう。湘子は秋桜子を師として慕い、秋桜子の愛情をありがたく感じながらも、この品行方正ぶりには困ったらしい。その湘子が俳人としての酒の飲み方を教わったのは、秋桜子門の兄弟子である石田波郷（大正二年〜昭和四十四年）とその仲間たちだった。

松山の農家に生まれた波郷は、中学校を卒業して実家の農業を手伝う傍ら、地元の俳人に俳句の手ほどきを受け、「馬酔木」に投句した。世の中に数多《あまた》ある俳句雑誌のほとんどは、「ホトトギス」で高浜虚子が考案したスタイルを踏襲している。会員は毎月所定の数の俳句を投句し、主宰が選者《せんじゃ》としてこれを選句する。そして、選ばれた俳句が雑誌に掲載される。たくさん載る人もいれば、一句も載らない人もいる。虚子の時代の「ホトトギス」はとりわけ厳選で、何年もかかってようやく一句掲載されると会員は赤飯を炊いて祝ったという。選ばれた俳句は作者の成績順に掲載され、そのトップを「巻頭《かんとう》」と称する。俳句雑誌に投句する人たちは、この巻頭を目指して切磋琢磨《せっさたくま》する。

松山から投句した波郷の俳句が、その巻頭を占めた。すると波郷は地元の指導者に勧められて俳人を志し、まだ会ったこともない秋桜子を頼って上京してしまった。弱冠十九歳である。秋桜子は当惑したはずだが、追い返すことはせず、「馬酔木」の事務を手伝わせながら大学に通う支援もしてやった。波郷はついに生涯他の職業に就くことなく、専ら俳人として生きていくことになる。

　まさしく愛弟子として秋桜子の膝下《しっか》にあった波郷だが、自らの主宰誌「鶴」を創刊すると、戦局の進む中で「馬酔木」を離れ、やがて召集されて中国に出征した。

　その波郷が昭和二十三年に「馬酔木」に復帰する。次章で述べるように波郷は出征中に結核を発症、復帰したといっても間もなく清瀬《きよせ》の国立療養所で苛烈《かれつ》な闘病生活を送ることになる。しかし、療養所からの生還を果たすと徐々に健康を回復し、「馬酔木」の編集長として秋桜子を支えることになった。

「馬酔木」で波郷に親しく接し得たことは、若き日の湘子にとって秋桜子に師事したことに勝るとも劣らない幸運だったようだ。湘子は波郷編集長の下で編集の仕事に携わり、やがて波郷の後を継いで「馬酔木」編集長になる。波郷は人間的な魅力に溢れた俳人だったらしいが、素面《しらふ》のときは恐ろしく無口だった。ところが酒が入ると別人のように快活になった。

　波郷を慕って「鶴」に集まった人たちの合言葉が置酒歓語だった。湘子も波郷が療養所を出て健康を回復したあたりからその雰囲気を満喫した。取っ組み合いの喧嘩が始まることもあったが、波郷は悠然と酒を飲んでいたという。秋桜子の前では堅苦しさを感じていた湘子は、酒の飲み方はもちろんのこと、俳人としての生き方や身の処し方全般にわたって波郷の影響を存分に受けることになった。

波郷の復帰に当たり、「鶴」の同人四人が波郷とともに「馬酔木」に参加した。その一人に石川桂郎がいた。波郷はまだ療養所暮らしだったから、湘子に真っ先に酒を教えたのは桂郎だった。とりわけ新宿西口の「ぼるが」で飲んだ経験が湘子には鮮烈だったらしい。

「ぼるが」は今も西新宿の一角に昭和の雰囲気を色濃く残した佇まいで営業しているが、湘子が桂郎に連れて行かれた戦後間もない開店当時の「ぼるが」はもう少し駅寄りにあったという。小さな飲み屋が線路にへばりつくようにして並んでいた。その「ぼるが」が火事で類焼して現在の場所に移ったのである。主人の高島茂《たかしましげる》は文学好きの俳人で、客は俳人の他に映画関係者や画家やジャーナリストが多く、若い湘子の好奇心を大いにそそった。

「ぼるが」は昔も今も「ばん焼」の看板を掲げている。「ばん」と言われても一般の人にはぴんとこないだろうが、俳句をやっていればこれが夏の季語になっている水鳥の鷭《ばん》であると察しはつく。ある晩、湘子は「ぼるが」のカウンターで桂郎に尋ねた。

「いったい、この店では、ひと晩に何羽の鷭を使うのかねェ」

するとと桂郎は湘子の口をふさぐようにしてあわてて小声で、

「莫迦《ばか》ッ、ホントの鷭なんて使うわけがねえだろ」

と答えた。「それほど私はねんねであったのだ」と振り返る湘子は、この店で見聞きすることを何でも滋養として吸収した。「ぼるが」へ行けば必ず新しい知人を得られるというぞくぞくするような喜びが湘子を惹《ひ》きつけたのだった。

今の場所に移った「ぼるが」で私の俳人協会新人賞受賞の祝賀会を開いてもらったことがある。二階を借り切って五十人ほどの俳人を招いた。十五年ばかり前のことである。そのときの写真を見ると、弟子の受賞を喜んで酒が進んだのか、湘子の酔眼はただならぬ様相だ。茂の主宰する俳句誌「獐《のろ》」を継いだ息子の征夫《ゆきお》さんが何かと世話をしてくれたが、その征夫さんももうこの世にいない。

話を湘子の時代に戻そう。珍しい写真が残っている。波郷と湘子の「俳句相撲」の写真だ。昭和二十九年、浅草で「馬酔木」の忘年会が開かれたときの余興として催されたという。出された題を詠み込んで即興で俳句を作り、行司役が優劣を判定して勝ち負けを決める。波郷と湘子は向き合って、真剣な面持ちで筆を握り俳句を紙に書きつけている。題は「年忘れ」、年忘れとは忘年会のことだ。

師の傍に酒ひかへゐし年忘れ　　波郷
一隅に酒飲まざりし年忘れ　　湘子

偶然にも似たような内容だが、勝負は波郷の貫禄勝ち。師とは酒の飲めない秋桜子である。

行儀のよい師の傍らで酒を慎んでいるのである。それと同時に、結核から生還した身をいとおしんで自重する気分もある。即興の俳句にはその場における挨拶《あいさつ》としての要素が重視される。波郷の勝ちは当然と言える。

この勝負の行司が石川桂郎だ。両者の間で左手に懐中時計らしきものを持って生真面目に正坐している。しかし、右手には煙草を持ち、そっぽを向いてふかしている。明らかに酩酊《めいてい》の表情だが、行司としての判定は狂いがない。座も大いに盛りあがったことだろう。苦笑を浮かべながら喜ぶ秋桜子の温顔も目に浮かぶようだ。

さて、俳人と酒、湘子と酒と言えば忘れるわけにいかない店が「卯波《うなみ》」。俳人鈴木真砂女《すずきまさじょ》（明治三十九〜平成十五年）が銀座一丁目の幸《さいわい》稲荷の路地に開いた小料理屋である。

真砂女は外房鴨川で旅館を営む家に生まれた。結婚して東京に暮らし女児を儲けたが夫が突然失踪《しっそう》、親族会議の結果、子は婚家に残して実家の旅館に戻ることになった。ところが、実家に婿《むこ》養子を迎えていた長姉が急逝、父母の願いを容れて義兄の後添えになったのが二十九歳のときだった。それからは旅館の女将を務めながら四人の遺児を育て、その傍らで久保《くぼ》田万太郎《たまんたろう》に師事して俳句を作った。

羅《うすもの》や人悲しますす恋をして　　真砂女

死ならうかと囁かれしは蛍の夜

真砂女は恋に生きた女として丹羽文雄《にわふみお》や瀬戸内寂聴《せとうちじゃくちょう》の小説のモデルにもなった。家のためにと義兄と結婚したものの、戦時中から海軍将校との長い不倫の恋があり、五十歳になってついに家業を捨てて出奔、知人たちの支援を受けて昭和三十二年三月に卯波を開いた。卯波には多くの文化人がやってきた。もちろん俳人もである。

壺焼やいの一番の隅の客　波郷

波郷もその一人。卯波は八坪ほどの小さな店だ。カウンターが九席。奥に小さな座敷が二つ。開店後、いの一番にやって来て、入口に近い隅の席を占めた男。これは波郷自身。そこが波郷の指定席だったそうである。壺焼といえば栄螺《さざえ》。春の季語である。鴨川から届いたばかりのものかもしれない。長身の波郷は男性にも女性にも好かれる風姿の持ち主だった。俳人多しといえども、この句はやはり波郷でないと恰好《かっこう》がつかないだろう。

ビールくむ抱かるることのなき人と　真砂女

片や真砂女のこの句にはどきっとさせられる。真砂女が常連客にビールを注ぐ。客に勧められて真砂女もコップを差し出す。客も大方帰った夜更けだろうか。昭和三十年代初めのことだ。冷房はあったのかどうか。網戸から夜の匂いのする風が入ってきたか。「抱かるることのなき人」、互いに何とも思わぬ客であれば、わざわざこんなことを詠うはずもないだろう。

湘子も波郷に連れられて初めて卯波を訪ねた。その後、国鉄を退社して俳人専業になってからは足しげく通うようになった。

こちら向く灯の顔《かんばせ》や近松忌　　湘子

この句の舞台は卯波だという。店を開いて二十年ほど経った頃。近松忌は陰暦十一月二十二日である。外は木枯《こがらし》の吹く時分だ。ふと気づくと電灯の光に照らされた女の顔がこちらを向いていた。酒気に潤んだ瞳が何か訴えかけるようだった。近松の心中物のように、あの女となら死ぬのも一興かもしれぬ。真砂女の「死なうかと囁かれしは蛍の夜」を踏まえての戯言のようでもある。

私もまだ真砂女が店で立ち働いている頃に二、三度、湘子について卯波に行ったことがある。しかし、真砂女はもう九十歳前後だったから、馴染みの湘子と戯れを言い合う一方で、私のような若造は眼中にないように見えた。

真砂女が死んでからは孫の今田宗男さんが店を続けたが、再開発に向けた動きで立ち退きを余儀なくされ、開店以来五十一年の歴史を閉じた。今田さんはその後、近くに再度卯波を開いた。ここも俳人たちでにぎわったが、思うところあってか今田さんはこの店も畳んでしまった。大使館の料理人としてアフリカのコンゴへ赴いたと聞いた。

さて、湘子は酒が好きだったが、それは仲間と酒を飲むのが好きなのだった。あくまで置酒歓語なのである。だから、家で一人の晩酌はせいぜい一合。自分で買ってきた句のものを肴《さかな》にゆっくり味わった。

そら豆と酒一合と勇気がある

この句もそんな晩酌の光景だろう。そら豆をさっと湯掻いて一合の酒を大事に飲む。私の好きな句である。昼間気持ちのへこむようなことがあったとき、この句は私の心に寄り添ってくれる。酒がゆっくり身体を巡りはじめると、明日に向かう勇気が湧いてくる。五七五にまとめるなら「勇気あり」とするのが自然だが、あえて口語体で字余りにして「勇気がある」としている。そこに親しみやすい実感がこもっているのだ。

*

私は誰に酒を教わったか。湘子はもちろんその一人だが、師匠と弟子の関係であるし、歳の差は三十五、自分の親より上である。そう気安く飲む相手ではない。より身近な存在として酒の飲み方を教えてくれたのは兄弟子の小澤實（昭和三十一年〜）だった。

私は「鷹」に入会すると鷹新人会というグループに加えてもらった。二十代、三十代の若い会員の集まりである。毎月東京で句会や輪読をし、遠隔地の仲間たちのために会報を作って送った。この新人会のリーダーが小澤實だった。小澤はのちに湘子の膝下を離れて「澤」という雑誌を作るのだが、私が入会した当時は「鷹」の若き編集長。湘子の信頼と愛情を一身に受けている存在と私には見えた。

新人会のあとは必ず酒を飲んだ。あらかじめ店を決めずにぶらっと入ることが多く、何軒も梯子することもあった。小澤さんはいつも鞄に自分の気に入りの古いぐいのみを忍ばせていて、テーブルにつくとおもむろにそれをとり出す。ぐいのみの趣味はすぐに私にも伝染した。手に入れたぐいのみを使うのがうれしくて家でも飲む。酒が飲みたいのかぐいのみを使いたいのかわからなくなることもあった。

小澤さんには酒の句が多い。湘子もそうだけれど、酒飲みは飲むときは飲むことに専心しているので案外酒の句が少ない。小澤さんは酒飲みにして酒の俳句が多い。

酒飲んで椅子からころげ落ちて秋　實

これは私がまだ小澤さんに出会う前の句である。小澤さんは二十代の終わり。手にしたぐいのみは無事だったろうか。

手の甲にぬぐへば香る新酒かな
顰面《しかめつら》にてどぶろくを利きにけり
たれ刷いて穴子の照や小盃
小上りに電球熱し初鰹

これらは私の入会から小澤さんの退会まで、「鷹」で私が小澤さんと過ごした十数年の間の句である。一句目の新酒は秋の季語。今年醸《かも》したばかりの酒をぐいっと呷《あお》る。口元を濡らした酒を手の甲でぬぐうとすがすがしい香りが立つ。思わず喉が鳴りそうだ。二句目のどぶろくも秋の季語。白く濁ったどぶろくを利酒《ききざけ》でもするようにしかめっ面をして味わっている。

三句目、程よく炙った穴子にたれを刷くと香ばしい煙が立ち上る。酒肴《しゅこう》には申し分ない。上品な小盃の酒が一口ですっと喉に消えていく。最後の句は飲み屋の小上りだ。吊るした電球の熱を直に感じながら、初鰹を頬張る。季節は初夏。句は酒に触れていないが、そこに酒があることは言わずと知れたことである。

鷹新人会の飲み会は、酒が進むと誰が言い出すでもなく「袋回し」になった。袋回しとは即興の句会の一つである。めいめいが封筒を持ち、そこに「酒」とか「女」とか「雨」とか適当な題を書きつける。時計係の合図でこれを隣の人に回す。回ってきた封筒に書かれた題を詠み込んで制限時間の間に俳句を作り、細長く切った紙（短冊《たんざく》と称する）に書きつけて封筒に入れる。時計係の合図で封筒を隣に回す。封筒が一周するまでこれを繰り返すのである。

ここからはふつうの句会と同じである。封筒ごとに中身を取り出し、短冊に記された俳句を用紙に転記する。これが清記《せいき》。次に清記した用紙を回して各自がよいと思う句を所定の数だけ選ぶ。これが選句。そして選んだ句を読みあげる披講《ひこう》、選ばれた俳句を批評する講評、その俳句の作者を明かす名乗りと続く。

一つの封筒を手にしてから次に回すまでの制限時間は三分にすることが多かった。つまり題を見てから三分間で俳句を作り短冊に書いて封筒に入れなければならない。たいへんそうに聞こえるかもしれないが、酒の勢いも手伝って俳句はいくらでもできるから、三分あれば二、三句出すのが当たり前だった。時間がないと一分で回すこともあった。考える時間すら惜しむように鉛筆が動いた。これで名句ができれば楽なものだが、思いがけない発想が出てくることはある。反射神経のように俳句を作る瞬発力のトレーニングによって、五七五の形式を身体に覚えさせた。

我等パンツならべ干すなり冬銀河　　軽舟

これも新人会の後の袋回しでできた句。誰の出した題だったか覚えていないが、封筒に「パンツ」と書いてあった。「我等パンツならべ干すなり」の奇妙な連帯感は、俳句に集う楽しさが酒の勢いを借りて投影されたものだろう。その場では好評だったけれど、素面に戻って湘子に投句することは憚《はばか》られた。すべては若気の至りだが、それでも俳句が座の文芸であることを身に浸み込ませてくれたのが酒席の袋回しだったとなつかしく思う。

入る店決まらで楽し冬灯　實

この句は小澤さんが「鷹」を退会した後のもの。小澤さんとこの句のような場面を何度ともにしたことだろう。その機会を失ったことを寂しく思うとともに、「鷹」を離れてもやっていることは変わらないなと妙にうれしくもなった。

俳句は座の文芸だと言われる。一人で俳句を作っているだけでは、それは未完成品である。たった五七五の言葉が読者の想像力を刺激してあざやかなイメージを喚起するかどうか。それは句会で読者を得て初めて確認できる。その意味で、俳句という文芸には読まれるというプロセスが不可欠だ。

座の文芸としての性格をさらに色濃く持つのが、俳句の出自である連句である。この章の最後に酒を詠んだ連句を見てみたい。

鳴る音にまづ心澄む新酒かな　夷齋
　木戸のきしりを馳走する秋　流火
月よしと訛《なまり》うれしき村に入り　信
どこの縁にも柳散る朝　才一

石川淳《いしかわじゅん》（夷齋《いさい》）、安東次男《あんどうつぐお》（流火《りゅうか》）、大岡信《おおおかまこと》、丸谷才一《まるやさいいち》の四人による歌仙「新酒の巻」の冒頭の四句である。歌仙とは五七五の長句と七七の短句合わせて三十六句から成る連句。三十六歌仙に引っかけて歌仙と洒落て呼ぶ。

連句は連歌から派生した。和歌の長句と短句を連ねていく連歌は、内容的にも和歌の優美さを保っていた。それに対して「俳諧《はいかい》の連歌」と称する平俗でくだけた内容の連歌が従来の連歌に対抗して現れた。「俳諧の」とは滑稽な、ふざけた、というほどの意味である。この俳諧の連歌のことを単に俳諧、あるいは連句、連俳などと呼ぶ。

連句の最初の句が発句《ほっく》である。芭蕉の作品を私たちは「俳句」と呼んでいるけれど、実際にはそのほとんどが連句の発句として作られ、その発句が芭蕉の俳句として伝わっているものである。明治時代になって、正岡子規が連句の発句だけを独立させて新しい詩の形とした。それが俳句である。

前置きが長くなったが、新酒の巻を見てみよう。この歌仙は岩波書店の「図書」昭和四十九年三月号に発表されたものだが、当代切っての文士四人による丁々発止《ちょうちょうはっし》のやり取りには連句のルールに詳しくなくとも引き込まれる。

「鳴る音にまづ心澄む新酒かな」、石川の発句は新酒を詠んで秋。発句はその座の主客が務め、挨拶の心を籠めるものとされる。新酒が盃にとくとくと注がれる。その鳴る音にまず心が澄むようだと亭主のもてなしを褒めている。

「木戸のきしりを馳走する秋」。二句目を脇《わき》と呼ぶ。発句に対する亭主の返しの挨拶である。安東の脇は、あばら家にお迎えして木戸も軋っているが、それもわが家の馳走と思ってくつろいで下さい、というところだろう。

これ以降は前の句の内容を受けて次の句へとイメージを展開させてゆく。「月よしと訛うれしき村に入り」、連句の進行の中で花と月は特に重要な要素とされるが、大岡は秋の句の続くここで月を出した。都から田舎にやってきた旅人だろうか。前の句の「木戸のきしり」から訛の強い鄙《ひな》びた村のイメージを打ち出した。続く丸谷の「どこの縁にも柳散る朝」は、一夜明けた朝の風景である。

連句はこのように共同作業で進めていくものだから、文字通り座の文芸だ。その発句だけが独立した俳句は、一人で創作できる文学になった。それでも一座に対する挨拶という発句の精神は今も俳句に残っている。俳句はたった一人で作って、それで終わるものではない。

座の文芸を豊かにしてくれるのが酒である。「鳴る音にまづ心澄む新酒かな」のような心地よい酒であれば、それはもう至福というほかない。

# 6

## 解熱剤効きたる汗や夜の秋

俳句とともに日々を暮らす。身の回りに何が起きても毎日の生活をおろそかにすることなく俳句とともに生きていく。そうは思えども、病気になるのは嫌である。特に単身赴任の生活に病気はつらい。誰も看病してくれないから、自分で自分の世話を焼きながら、治るのをじっと待つしかない。

幸いなことに社会人になってからたいした病気には罹《かか》らずに済んでいる。それでも風邪《かぜ》を引けば熱も出る。なるべく余計な薬は飲まずに自分の体力で治したいと思うが、明日は月曜日、大事な仕事があるとなれば夕食後に解熱剤を飲んで頭から蒲団をかぶる。

解熱剤効きたる汗や夜の秋　　軽舟

夜中に汗をびっしょりかいて目を覚ます。身を起こして体温を計ると平熱に戻っている。この俳句の季語は「夜の秋」。夏も終わり頃、日中はまだ暑さが厳しいが、夜になって秋めいた気配を感じることを言う。俳句でしか使わない言葉だが、雰囲気があるので俳人は好んで用いる。

かいた汗を拭くと、心なしか頭も体もすっきりしている。取りあえず一安心。窓を開けるといくらか涼しい風が入る。気の早い虫の声も聞こえてくる。もう冷房を切って眠れそうだ。人は年を取るほどに、病気になって自分が苦しんだり、あるいは家族に迷惑をかけたりするのは御免だと思うようになるのだろう。

梶の葉にぴんぴんころり願ひけり　　時　彦

作者はこの本に何度も登場した草間時彦。七夕の日に里芋の葉にたまった露で墨を磨《す》り、梶の葉に和歌で願いをしたためるという古風な風習がある。時彦はそこで「ぴんぴんころり」を願ったのだという。一句の中で優雅な風習と通俗的な願いの落差がおかしみを生む。

私にはまだ妻子を養う務めがあり、そう簡単に死ぬわけにはいかないが、いつか死ぬ時はなるべくいい死に方をしたいと思う。

死ぬときは箸置くやうに草の花　軽舟

ご飯を食べ終えて「ごちそうさま」と箸を置く。自分が生きてきたこの世に「ごちそうさま」と感謝しながら死ねたらさぞかしいいだろう。草の花は秋の季語で、野に咲くさまざまな草花を総称するもの。草の花のようにささやかな人生であっても、満ち足りた気持ちで終えられれば何よりだ。

この俳句ができたのは私がまだ四十代の頃である。なぜこんなことを思いついたのか、その時のことはよく覚えていない。しかし、この俳句は私の作品のなかでもとても人気があり、私の代表作ということになっている。とりわけ「死ぬとき」が近づいてきたと感じる年齢の人に共感される。

私の母は大腸癌のため七十三歳で死んだ。残された父とともに昨年の暮に七回忌を済ませたところだ。母も私の俳句のなかでこれがいちばん好きだと言っていた。母は死ぬとき、消えかかる意識のどこかにこの句を思い浮かべただろうか。それを確かめることはできなかったが、色紙に書いて柩《ひつぎ》に収めてやった。

*

俳句は病気と相性がよい。これは多くの俳句を読んできた私の実感である。「鷹」の仲間の俳句の選をしていると、命を脅かす病気になり、やがて亡くなる者もいる。それでも多くの場合、俳句は最期まで作り続けることができる。訃報が伝えられた後で、生前投函された俳句を手にすることも多い。そして、そういうときの投句には、決まってその人の一生を象徴するような秀作を見出すことができる。ほんの少し前まで仲間が生きていた証を見るのはつらいことではあるが、最後の最後までその俳句を見てやれたことは、その人の最期を看取ってやれたに等しいと感じる。

俳句は短い。だからできるときにはパッとできる。体力がもうほんのわずかしか残されていなくても、一句一句を作品として完成させることができる。だから最後の最後まで俳句はその人の傍らにあり続けるのである。命に関わる病気になった仲間たちは、俳句に支えられている、俳句をやっていてほんとうによかったと口を揃えて言う。

そんな俳句だから、俳句史には数々の珠玉の病中吟がある。病気を糧にして優れた俳句を残した俳人たちを紹介してみたい。解熱剤で治るというわけにはいかない深刻な病気になったとき、私自身もそれを俳句の糧にすることができるのだろうか。ぴんぴんころりとはいかなかったときのために、先人たちから心構えを学んでみたい。

最初に登場してもらうことになるのは、やはりこの人、正岡子規である。

子規は学生時代に喀血、子規とは鳥のほととぎすのことだが、ほととぎすが血を吐くまで鳴くと言われることにちなんで子規と名乗るようになった。その後、日清戦争に従軍記者として赴いた無理がたたって重篤化、須磨《すま》の病院で一命を取りとめた。やがて結核菌が脊椎を蝕《むしば》んでカリエスとなり、私たちのよく知る子規のイメージ通りの病床の人となる。

いくたびも雪の深さを尋ねけり　　子規

この俳句は明治二十九年に作られた。子規が脊椎カリエスにより寝たきりとなった年である。子規はそれから明治三十五年に三十四歳で死ぬまで、足掛け七年の間ずっと病床にありながら俳句革新、短歌革新を成し遂げた。

さて、この俳句、東京にはめずらしい大雪が降っているのだろう。子規は蒲団に横臥しながら、雪が気になってならない。子規には終生子どものような好奇心があった。郷里の松山では雪はなおさらめずらしかったことだろう。だからわくわくするのである。「雪ふるよ障子の穴を見てあれば」も同時に作られている。何年か後、子規の部屋には、弟子の高浜虚子の計らいで、当時はまだ贅沢だったガラス戸がはめられ、寒い日でもガラス越しに外が眺められるようになる。しかし、このときはまだ紙の障子だ。その穴を通して降りしきる雪をじっと見ている。肩が冷えるのも構わず身を乗り出して、雪はどのくらい積もったかと母や妹に聞く。「いくたびも」である。さっき聞いたばかりなのに、もう気になって聞かずにはいられないのだ。

俳句自体はとてもシンプルなので、子規という作者名を外すと、何のことを言っているのかわからない。病気の俳句には、背景に作者の境遇を補ってやらなければいけないところがあるのだ。しかし、ひとたび寝たきりの子規の句だと知り、郷里から根岸の借家に呼び寄せた母と妹と三人きりの生活であることを知ると、このシンプルな内容が、シンプルゆえに深い余韻を生む。

蝸牛《ででむし》の頭もたげしにも似たり

この俳句は「小照自題」と前書をつけて『仰臥漫録《ぎょうがまんろく》』に記されている。小照とは小さな肖像写真のこと。自分の写真に書きつけた俳句である。

作られたのは明治三十五年。神戸から原千代女という弟子が訪ねてきた。千代女はかねてより子規に短冊と写真を頼んでいたのだった。子規はたまたま薬が効いて気分がよく、子規の母を交えて歓談した。母が気を利かせて子規に促したのに応じ、半身横向きに写った自分の写真をしばらく眺めて、その裏に即興で書きつけたのである。

蝸牛はでむしと読む。かたつむりのことである。蒲団から上半身だけをやっと起こしたその姿は、まるでかたつむりが頭をもたげたようだ。我ながら情けないという自嘲を込めつつ、ほのぼのとしたユーモアは病状の厳しさを感じさせない。子規の亡くなるほんの二か月前のことである。

そしてよく知られた絶筆の三句がある。

糸瓜咲て痰のつまりし仏かな

痰一斗糸瓜の水も間に合はず

をとゝひの糸瓜の水も取らざりき

九月十八日、子規は画板に貼った紙にこの三句を筆で書きつけた。一句目を中央に、二句目をその左に、そして三句目は右の余白にやや斜めに書き添えられている。死が間近に迫っている人とは思えないスピード感のある筆づかいだ。子規はそのまま昏睡《こんすい》状態になり、日付が十九日に変わって間もなく息を引き取った。

一句目は第四章で子規の写生の到達点として紹介した。二句目は「痰一斗」の誇張に死に臨んでなお失われない闊達《かったつ》なユーモアがある。糸瓜の茎から取る水は痰を切る効果があるというので、子規の家の軒先には糸瓜棚がしつらえてあった。一斗とは一升瓶十本分である。こんなに痰が出ては糸瓜の水も間に合わないと言うのだ。そして最後の一句は絵筆をさっと走らせただけのように淡い。糸瓜の水をおととい取っていない。短い一生にさまざまな未練があるはずなのに、そのすべてが糸瓜の水を取らなかったことに置き換えられ、そして意識から消えていく。

子規の病状の厳しさ、苦しさは子規の随筆から知ることができる。しかし、俳句で病苦を訴えることはなかった。痛いとき、苦しいときは大声で泣き叫んでも、それが過ぎると健やかな精神に戻った。俳句はその健やかな精神とともにあり続けた。精神の健やかさがあれば体力がどんなに失われても俳句は一瞬でできる。それが五七五という短さの強みだ。絶筆が短歌ではなく俳句だったことがそのことを示しているように思う。

戦後しばらくまでの間、近代文学と病気の結びつきと言えば、なんといっても結核だった。いったん罹れば有効な治療法がなく、しかも若年で罹患《りかん》した。俳句においても、多くの俳人が結核に侵された。結核で亡くなった俳人の俳句をもう少し見てみよう。
まるで他人事のように病床の自分を写して平静を失わなかった子規の俳句に対して、川端《かわばた》茅舎《ぼうしゃ》（明治三十年〜昭和十六年）は誰かに訴えるように素直に泣き叫んだ。

咳《せ》き込めば我火の玉のごとくなり　茅舎
咳止めば我ぬけがらのごとくなり

肺結核の発作による咳の苦しさは、それを知らない者には想像もつかないものらしい。咳き込めばまるで自分が火の玉になったよう、そして咳がやめばまるでぬけがらのよう。火の玉もぬけがらもわかりやすい比喩だ。むしろ常識的と言ってよいかもしれない。しかし、自分の感じたままを訴えようとすれば、素朴なまでに率直な表現にならざるを得なかったのだろう。
なお、この二句の季語は咳。冬には風邪を引いて咳が出ることが多いからだが、結核による咳は季節を問わない。冬の俳句の体裁はとっているが、印象は季節を超越している。

咳暑し茅舎小便又漏らす

この場合の季語は「暑し」で夏。冬でも火の玉になったようだった発作は、夏ともなれば地獄の火に焼かれるようであったろう。自分ではどうにもならぬ発作のうちに下半身がゆるんで思わず小便を漏らす。

茅舎と自分の名を入れたところがいじらしい。茅舎はまた小便を漏らしてしまいました。齢《よわい》四十ながら、この俳句には子どもがおねしょをした後のようなやるせなさがある。

茅舎という俳人は、子規とはまた違った意味で生涯童心を失わなかった印象がある。東京に生まれ、異母兄に日本画の大家川端龍子《かわばたりゅうし》がいた。茅舎も岸田劉生《きしだりゅうせい》に師事して画家を志したが、劉生の死と自身の病弱から画業を断念、高浜虚子の下で俳句に専念した。白樺派の影響による西洋思想と画家断念後に没頭した仏教思想の影響から、虚子の主唱する花鳥諷詠の実践に励みながらも独特な世界観を示した。しかし、その根底にあるのは、童心だった気がする。生涯妻帯しなかった茅舎は容貌もどこか少年のようだ。

露の玉蟻たぢ〱となりにけり
一枚の餅のごとくに雪残る
ぜんまいののの字ばかりの寂光土《じゃっこうど》

こうした茅舎の代表作も、ふつうの大人なら失ってしまう子どもの好奇心が見た景色なのではないか。「咳き込めば我火の玉のごとくなり」「咳止めば我ぬけがらのごとくなり」にしても、「咳暑し茅舎小便又漏らす」にしても、背景に茅舎の童心を感じずにはいられない。

そんな茅舎は、病状が悪化する中で次の俳句を作っている。

約束の寒の土筆《つくし》を煮て下さい

茅舎にはめずらしい口語によるこの俳句は、昭和十六年、つまり茅舎の死んだ年のもの。「二水夫人土筆摘図」と題する連作八句の一つである。連作の中で夫人は寒中の野に出て土筆を摘み、病床の茅舎にもたらす。まるで絵巻でも見るような連作である。なかでもここに掲げた俳句は、夫人に対する親しさといくばくかの甘えが切なくて心に残る。

病中の茅舎は兄龍子の庇護《ひご》を受けていた。龍子の妻の世話で茅舎は第一生命の句会の指導を始める。その句会の会長が藤原二水。二水の夫人は龍子の妻とも親しかった。病床の茅舎が頼ることのできる人たちの一人だったのだろう。

石枕してわれ蟬《せみ》か泣き時雨《しぐれ》

茅舎の絶筆として知られている俳句である。季語は蟬時雨で夏ということになるだろう。蟬の声が降りしきるのを時雨に喩えたものだ。茅舎が死んだのは七月。病床にも蟬の声が届いていたのだろう。しかし、この俳句から病床という現実はもはや消えてしまっている。石を枕に私は蟬になっている。蟬時雨はこの世を去る寂しさに耐えかねて泣く私の涙が降らす時雨でもある。これもまた茅舎の童心と言えるだろう。絵本の中のような不思議な世界に分け入って茅舎は息絶えた。

女性俳人にも目を向けてみたい。結核は第四章で高浜虚子との師弟愛を紹介した森田愛子のようならうら若い命も無残に蝕んだ。ここでは石橋秀野《いしばしひでの》（明治四十二年～昭和二十二年）の俳句を見てみよう。

妻なしに似て四十なる白絣《しろがすり》　　秀野

石橋秀野は文化学院で高浜虚子に俳句を学び、結婚後に再開して石田波郷の「鶴」の同人となった。二十歳で結婚した相手はのちに評論の大家となった山本健吉（本名石橋貞吉）である。

この俳句は昭和二十二年作。当時は夫も無名で生活は貧しく、病弱な子を抱えた戦中戦後の厳しい暮らしの中でいつしか秀野は結核に侵された。京都の木屋町《きやまち》の家で病臥し、夫が炊事と子の世話に当たった。

白絣は白を基調とした絣の着物で夏の季語。当時の服装の事情は私にはよくわからないが、四十歳にもなった大のおとなが着るものではないと秀野は不憫に思ったのだ。「妻なしに似て」というのは、鰥夫のようだという比喩であると同時に、いずれそうなってしまうのではないかという予見を含んでいるようではかない。

蟬時雨子は担送車に追ひつけず

病気の進行は早かった。これは重篤となって病院に運び込まれたときの俳句。健吉が受付で手続きをしている間に、看護婦たちは担送車、今でいうストレッチャーに秀野を寝かせて運び去った。六歳の娘が慌てて追いかけるが、母親がしきりに手でオイデオイデをしているのが見えるばかりで追いつけない。長い廊下には降りしきる蟬の声が響いている。

この俳句は秀野の最後の俳句になった。創作意欲はあったのだが、医師や家人が止めたのだった。そして二か月ほど経った九月二十六日、病状は回復することなく、そして俳句も作られることなく秀野は息絶えた。だから秀野の俳人としての生涯は蟬時雨の句で終わっている。その切ない場面が永遠にリフレインを続けるようだ。病床の秀野の眼は夫と一人娘に向けられた。母として、妻として、したいことをしてやれない無念が、家族をいっそういとおしく見せたのだろう。

さて、結核篇の真打は石田波郷である。俳句を通して敢然と結核に立ち向かい、闘病生活を正面から詠いあげた俳人といえば、石田波郷の右に出る者はいない。

波郷は昭和十九年、三十歳で応召し中国に出征する。任務は伝書鳩の世話だった。しかし、間もなく肺を病んで重態となり、終戦を前に日本に帰還した。

戦後の焼跡の中で俳人としての活動を再開するが、やがて病状はふたたび悪化、昭和二十三年五月に清瀬村の国立東京療養所に入った。ストレプトマイシンの投与を初めとする化学療法が普及する前夜だった。当時としては最新の、しかし今となっては前時代的な外科治療を受けた最後の世代が波郷である。波郷の胸は二回の成形手術で七本の肋骨《ろっこつ》が切除され、病巣を圧迫して結核菌を封じ込めるためにピンポン玉のような合成樹脂の球が充塡《じゅうてん》された。

たばしるや鵙《もず》叫喚す胸形変《きょうぎょうへん》　　波郷

これは第一次成形手術の最中を詠んだ壮絶な俳句。意味を追っても仕方ない。波郷はこの句について、「奔端《ほんたん》的電流的な衝撃、手術の幕がきつて落された感じ、忽ちにして肋骨をとられた胸形変じ了る相を、声調を主として現はさうとしたものである」と解説している。ほとばしるように激しく鵙が鳴き叫んだ。それは現実の光景ではなく、手術中の波郷の心象である。胸形変の造語は地獄変を連想させる。激しい衝撃のあと、切られた肋骨が金属盤にカランと音を立てるのを波郷は聞いたそうだ。そんな状況にありながら、「声調を主として現はさうとした」という醒《さ》めた俳人魂には恐れ入る。

手術が終われば療養所での生活がある。健常者から見れば非日常の世界だが、病人はそこで健康が回復することを夢見て暮らすのが日常なのである。

秋の暮溲《しゅ》罎《びん》泉のこゑをなす

手術の後の小便は病床で溲罎を使う。溲罎はガラス製または陶製で、たぐりよせるための紐を把手《とって》につけてベッドの脇に置く。そうしてうずくまっている様子が病床の主人に侍る忠実な犬のようだったので、患者たちは溲罎をポチと呼んでいた。静かなたそがれの六人部屋で用を足すとコボコボと淋しい響きをたてた。それがさながら山中の小さな泉にも似た響きだったのだと波郷は言う。

病む六人一寒燈を消すとき来
接吻もて映画は閉ぢぬ咳満ち満つ
綿虫やそこは屍《かばね》の出《い》でゆく門

新鮮な外気を吸うこと自体が治療法の一つだったから、真冬でも窓は開かれ、コップの痰が凍った。そんな生活をともにする病室の六人が、一つの電灯を消してそれぞれの眠りにつく。療養所では慰問映画が上映されることがあった。甘い接吻で映画が終わると、たちまち患者たちの咳が相次ぐ。

療養所に冬が来ると白い綿虫が飛びはじめる。その先に通用門があるのだろう。表門から退院できなかった者は、屍となってその門から出ていく。一緒に暮らす仲間が、どちらから出ていくか。そして自分はどうなのか。そんな思いを抱えながら、それでも暮らしは続くのだ。

波郷は幸いにして正門から退院することができた。二年余りに及んだ清瀬の療養所での生活は句集『惜命《しゃくみょう》』にまとめられ、療養俳句の金字塔となった。

泉への道後れゆく安けさよ

波郷の健康は仲間と遠出できるまでに回復した。この俳句は清瀬から退所した二年後に軽井沢を訪ねたときのもの。泉へと向かう林中の道を仲間に後れながら歩いた。手術後の波郷の肺活量は一四〇〇しかなく、すぐに息切れがした。それでも心持ちは晴れやかだ。ゆっくり歩くこと自体が蘇生の実感となり心の安らかさをもたらすのだ。

しかし、無理な外科手術は後遺症を残した。五十歳を過ぎた頃、肺に充塡した合成樹脂球の周囲が化膿《かのう》したため摘出手術を受ける。その後次第に肺の機能が低下し、呼吸困難の発作で五十六年の生涯を閉じた。どんな病苦の中でも俳句とともに生きることを貫いた波郷の姿勢は、今も私たちを励ましてやまない。

＊

結核は現在の日本ではもはや死病ではなくなった。健康診断で肺のレントゲンを撮ることは続いているけれど、そこに映る翳《かげ》におびえることもない。しかし、今も私たちの多くは病気で死ぬ。結核が死病でなくなっても、さまざまな病気が私たちを死に導く。

現代において結核に代わる死病と言えばなんといっても癌だろう。癌は日本人の死因の約三割を占めてトップの地位にある。脳、心臓の疾患も合わせると癌に迫る比率だが、これらによる死は一瞬の発作によるものが多い。死んだ人には申し訳ないが、ぴんぴんころりが多いのだ。癌は結核と同じように死を恐れながら病気と暮らす時間がある。その時間に俳人はどう向き合うのか。

『金色夜叉《こんじきやしゃ》』の文豪尾崎紅葉《おざきこうよう》（慶応三年〜明治三十六年）は胃癌で死んだ。

ごほ〳〵と薬飲みけりけさの秋　　紅　葉

紅葉が俳人でもあったことは世間一般にはあまり知られていないことだろう。明治時代になってそれまでの古くさい宗匠俳句を刷新しようとする動きは、子規一派に限ったものではなかった。もう一方の領袖《りょうしゅう》が尾崎紅葉だった。

二十世紀なり列国に御慶《ぎょけい》申す也

この俳句は一九〇一年（明治三十四年）一月一日の「読売新聞」に掲載された。二十世紀を迎えた日である。御慶とは年賀の挨拶のこと。日清戦争に勝利して日本が列国の仲間入りをしようと意気盛んだった時代の空気を、明治の人らしい闊達さで謳いあげている。

このとき紅葉はまだ満三十二歳。「読売新聞」に次々と小説を発表し、幸田露伴《こうだろはん》とともにすでに文壇に重きをなしていた。しかし、持病の胃痛が紅葉を苦しめた。

「ごぼ〳〵と」は同じ年の秋に詠まれている。立秋の日の朝を今朝の秋と呼ぶのは俳句独特の言い回しだ。液状の水薬をごぼごぼと音を立てて飲む。さわやかな涼気の中で、その音にはすでに人生の寂寥《せきりょう》が漂っているようだ。

明治三十六年になると胃の具合はますます悪くなり、三月になって胃癌と診断された。やがて激痛が襲うようになり、麻薬のモルヒネが処方された。そのモルヒネも同じ量では効かなくなっていく。

莫兒比涅《モルヒネ》の量増せ月の今宵《こよい》也

十月五日、紅葉邸で門下生を集めて観月の会が催された。集まった者は盃をあげているが、さすがに紅葉は酒を飲むわけにいかない。中秋の名月の今宵、せめてモルヒネの量を増やして、痛みを忘れさせてくれというのだ。悲痛ではあるがどこかのびやかで、やはり明治人の気質を見る気がする。これが紅葉にとって生涯最後の句会となり、同月三十日に三十五歳で死んだ。子規の早世は誰もが知っているが、子規と同年に生まれた紅葉が子規よりわずか一年しか余計に生きられなかったことは、やはりあまり知られていないのではないか。

若き日の藤田湘子に酒を教えた石川桂郎も癌で死んだ。食道に癌が見つかってからわずか一年、六十六歳で亡くなった。

粕汁にあたたまりゆく命あり　　桂郎

第一章で引いたこの俳句は、食道癌とわかってからのもの。粕汁を啜るとそのぬくもりが食道をつたって胃の腑に落ちる。身体ばかりでなく、命そのものがあたたまる。消え入る蝋《ろう》燭《そく》の芯《しん》を掻きたてるような心細さだが、だからこそ今ある命の尊さが読み手の心にもじわっと浸みとおる。

桂郎の病中の絶唱として、次の俳句が有名である。

## 裏がへる亀思ふべし鳴けるなり

亀は発声器官がないので声を出して鳴くことはない。ところが歳時記をめくると「亀鳴く」という季語が春の部にある。鳴かない亀がなぜ鳴くのか。由来は鎌倉時代の歌人藤原為《ため》家《いえ》が詠んだ「河越しのをちの田中の夕闇に何ぞと聞けば亀ぞなくなる」という和歌である。「をち」は漢字を当てると「遠」。川向こうの田んぼの夕闇に声がする。なんだろうと聞くとあれは亀が鳴いているのであった。もちろん実際に亀が首を伸ばして鳴いていたわけではない。想像の産物だが、江戸時代の歳時記はこれを採用して春に分類した。今も俳人はこの季語が好きで、毎年春になると空想を楽しむ多くの俳句が生まれている。

それにしても桂郎の俳句はユニークだ。裏返った亀を思ってみよ、と読者に命ずる。亀は裏返ると容易には元に戻れない。短い手足をばたつかせるばかりだ。そんな様子を思ってみよ。ほら、その亀は鳴いているぞ。それが聞こえないのか。

この亀に桂郎自身の病臥の身を重ねていることは容易に想像できよう。端的に言えばこれは桂郎の自画像なのである。あわれではあるが、そのあわれにおかしみがある。おかしみは俳句という文芸の根っこである。王朝貴族の文化だった和歌の上品さを笑うために生まれた俳諧が俳句のルーツだ。その精神は、死病に蝕まれた桂郎にも息づいている。

エッセイストとして人気があった江國滋《えくにしげる》（昭和九年〜平成九年）は、滋酔郎《じすいろう》を名乗って俳句の腕も相当のものだった。その滋が食道癌と診断されたのは平成九年の春、そしてその年の八月に六十二歳で死去した。滋は癌と分かってからの日々を文章と俳句で克明に綴った。

　残寒やこの俺がこの俺が癌　　滋
　三枚におろされてゐるさむさかな

一句目は癌と告げられたときのショックをストレートに詠んだもの、二句目は手術を受けた印象を諧謔を込めて洒脱に表した。

そして闘病の果の最後の句。

　　敗北宣言
　おい癌め酌みかはさうぜ秋の酒

敗北宣言という前書が痛ましい。俳句そのものは負け惜しみを含みながらダンディーですらある。闘病中の俳句は『癌め』、闘病記はこの俳句からそのままとった『おい癌め酌みかはさうぜ秋の酒』のタイトルで出版されている。

現代の難病の一つに筋萎縮性側索硬化症、いわゆるALSがある。筋肉を動かす運動神経細胞が侵される病気で、手足が思うように動かせなくなることに始まって、自分の意志で動かせるはずの筋肉がことごとく動かなくなっていく。

アメリカ大リーグの名選手ルー・ゲーリックが罹ったことからルー・ゲーリック病とも呼ばれた。数年で死に至ることが多いが、物理学者のスティーヴン・ホーキングの場合は奇跡的に進行が止まった。二〇一四年に世界中に広がった「アイス・バケット・チャレンジ」はこの病気の研究のための支援を呼びかけるものだった。各国の著名人が頭からバケツで水をかぶり、その映像をソーシャルメディアで発信した。

俳人でこの病気に罹ったのは折笠美秋《おりがさびしゅう》（昭和九年〜平成二年）。闘病の甲斐なく五十五歳で亡くなった。美秋は戦後の前衛俳句を牽引《けんいん》した高柳重信《たかやなぎじゅうしん》の弟子であり、「杉林あるきはじめた杉から死ぬ」「天体やゆうべ毛深きもも すもも」といった俳句で知られていた。ALSになってからの俳句は句集『君なら蝶に』にまとめられて、俳句の世界にとどまらず広く話題を呼んだ。病床の美秋にとって俳句は妻に捧《ささ》げるものでもあった。

微笑《ほほえみ》が妻の慟哭《どうこく》　雪しんしん　　美秋

## ひかり野へ君なら蝶に乗れるだろう

ＡＬＳ患者にとって自分の意思を伝える最後の手段は眼球である。あらゆる筋肉が言うことを聞かなくなっても、眼球だけは動く（しかし、やがてはそれもだめになる）。美秋は眼球の動きで意思を表し、妻がそれを文字にした。妻がいなければもはや自分の存在を書き記すこともできなかった。

自分にはいつも穏やかに微笑む妻だが、その微笑こそが妻の慟哭なのだ。窓の外でしんしんと雪が降る日に美秋はしみじみそう思う。やがて自分は妻より先にこの世からいなくなるだろう。「君なら蝶に乗れるだろう」、自分のいないこの世の妻の人生をこう励まして自分の無念を慰めるのだ。

最後に紹介したいのは田中裕明《たなかひろあき》（昭和三十四年～平成十六年）である。裕明は昭和三十六年生まれの私と同世代だ。その彼が白血病により四十五歳で世を去ったことは衝撃だった。病気による死は、いつと知れない遠い先のことともう思えなくなった。

裕明が息を引き取ったのは十二月三十日。私は新聞の訃報でそれを知った。驚いたことに、年が明けて裕明から新しい句集『夜の客人《まろうど》』が届いた。句集には妻と連名で賀状がはさんであった。その賀状には万葉集の最後の歌、大伴家持《おおとものやかもち》の「新《あら》しき年の始《はじめ》の初春の今日降る雪のいや重け吉事」が刷られている。新年の今日降るこの雪のようによいことが続きますように。それは裕明自身の祈りでもあったろうか。妻と三人の娘に見守られて、通夜は一月四日、葬式は五日に執り行われた。

『夜の客人』に収められた裕明の人生最後の五年間は、裕明が白血病とつきあった五年間でもあった。しかし、この句集に収められた裕明の句は、さびしげな印象がいくらか強くはあるけれど、病気の前と変わらずいつも穏やかだ。そして穏やかなままに次第に澄んでいった。

発病

爽やかに俳句の神に愛されて　裕明

白血病が自分の俳句を育む神だと言うのか、あるいは自分を愛する俳句の神が白血病を与えたもうたと言うのか。いずれにしても、裕明は白血病という運命を爽やかに受け容れようとする。「爽やか」は秋の季語である。澄んだ青空の下で、裕明の詩情はあくまで静かに昂っている。

空へゆく階段のなし稲の花

詩の神のやはらかな指秋の水
糸瓜棚この世のことのよく見ゆる

いずれも『夜の客人』に収められた俳句である。「空へゆく階段のなし」、そんなもの、そもそもあるはずがない。ところが「なし」と断定されると、なぜか田んぼの上にうっすらと階段が見えてくる。誰も昇ることのできない、しかし裕明には昇ることができてしまった階段である。

次の句の「詩の神」は先ほどの「俳句の神」に通じる。そのやわらかな指の先が秋のひややかな水に触れる。秋の水は作者の心であり、そこに広がる水輪のように俳句が生まれていく。糸瓜棚の句は『夜の客人』の最後に置かれている。自分を死後の世界に連れて行くかもしれない病気とともにあればこそ、この世のことがよく見えるのだ。そこに糸瓜棚があるのは、子規の最期の三句を暗示するようでもある。

さまざまな病気があり、それによって死んだ数多の俳人がいる。その中から私の印象に特に強く残っている俳人たちの俳句を見て来た。共通して言えるのは、彼らが病気に屈して俳句の筆を折ることなく、俳句を作り続けたことである。死に到るかもしれない病気を宣告されても、実際に死ぬまでは毎日を暮らさなければならない。その暮らしに俳句がぴったり寄り添っていたのだ。彼らは、自分自身を深く見つめ、自分を愛してくれる家族を見つめ、そしてもうすぐ去るかもしれないこの世を見つめた。その軌跡として俳句が残った。

もしも私がそのような病気になってしまったら、私も彼らのように俳句と暮らす平常心を持ち続けられるだろうか。そのときになってみなければわからないけれど、最後まで俳句を作り続けなければ、これまで俳句を作ってきた意味がない。病気になってもユーモアと詩情を忘れず俳句とともに一日一日を誠実に暮らした先人たちは、いつの日か私を励まし力を与えてくれることだろう。

# 7

家に居る芭蕉したたしき野分かな

# 芭蕉も暮らす

漂泊の詩人——これが松尾芭蕉の代名詞として定着している。「予もいづれの年よりか、片雲の風にさそはれて、漂泊の思ひやまず……」、「奥の細道」の書き出し部分は国語の教科書で必ず習うから、漂泊の詩人というイメージは、俳句に関心のある人だけにとどまらず、国民的に行き渡っていると言えるだろう。「旅に病んで夢は枯野をかけ廻《めぐ》る」、芭蕉は漂泊の詩人のイメージを完成させるように、この句を残して大阪で客死した。

しかし、芭蕉といえども常に旅をしていたわけではない。旅に出ていないときには深川の芭蕉庵に暮らす人であった。

家に居る芭蕉したたしき野分《のわき》かな　　軽舟

旅人としての芭蕉はもちろん魅力的だが、私は家で一人暮らしをする芭蕉にもとても惹かれるのである。台風が近づき強い風が吹きわたる夜には次に紹介する芭蕉の俳句が頭に浮かんで、芭蕉はどんな思いで一人暮らしをしていたのかと親しみを覚える。この章では、芭蕉庵で作られた俳句を眺めながら、俳句と暮らす人としての芭蕉を見てみたい。家にいるふだんの芭蕉を知ることで、芭蕉の旅の意味もはっきりしてくるかもしれない。

芭蕉野分して盥《たらい》に雨を聞く夜哉　　芭　蕉

最初に見るのはこの句。延宝九年（一六八一年）に作られている。芭蕉は数えで三十八歳（以下、芭蕉の年齢はすべて数え年）。季語は野分で秋、今でいう台風が来たらしい。庭に植わった芭蕉が強い風雨に煽《あお》られている。バナナの葉に似た大きな葉がバタバタとはためいてちぎれんばかりだ。そして、家の中では芭蕉が盥に落ちる雨漏りの音を聞きながら不安な夜を過ごしている。俳句の型は五・七・五（それぞれを上五《かみご》、中七《なかしち》、下五《しもご》と呼ぶ）だが、この句は上五が「芭蕉野分して」と八音あって三音もの字余りになっている。そのものものしさが台風の迫力とそれに耐える心細さを増幅しているようだ。

芭蕉は前年の冬にここ深川の庵へ引っ越して来た。門人が贈った芭蕉が植えられ、それにちなんで庵を芭蕉庵と呼び、やがて自分自身も芭蕉を名乗るようになった。この句の様子を見るとあばら家で貧しい暮らしをしているようだが、芭蕉はそこまで困窮していたのか。

芭蕉が郷里の伊賀上野を後にして江戸にやって来たのは二十九歳のときだった。それから十年近くが過ぎて、芭蕉は念願の俳諧宗匠、ひらたく言えばプロの俳人の地位を手に入れ、当時としては都会中の都会である日本橋に住んでいた。華やかな都会生活を謳歌していたはずである。ところが三十七歳になった芭蕉はその日本橋を離れ、隅田川の向こう岸に隠者のような庵を構えた。物好きと言うべきか、酔狂と言うべきか。

「芭蕉野分して」の句の背景には、杜甫《とほ》に代表される漢詩の世界への憧れがある。杜甫の詩に大風で屋根が吹き飛ばされて雨漏りを嘆く内容のものがある。杜甫の詩はそこから戦乱の続く天下国家に対する憂いへと展開するのだが、芭蕉が生きたのは天下泰平の江戸時代である。天下国家はさておき、まずはいにしえの漢詩人たちと同じ侘しい境遇に身を置いてみたい。この句の芭蕉は、あこがれの漢詩の世界にどっぷり浸るよろこびをしみじみ嚙みしめているのだ。芭蕉の深川隠棲《いんせい》の狙いは身を以て漢詩の世界のパロディを実践することにあった。日本橋から深川に移った芭蕉は、この地で俳句とともに暮らす新しいスタイルを世間に示そうとしたのである。

櫓《ろ》の声波を打つて腸《はらわた》氷る夜や涙

深川にまた冬が来る。これまたずいぶん仰々しい句である。上五が「櫓の声波を打つて」で五音の倍の十音もある。芭蕉庵は隅田川へ支流の小名木《おなぎ》川が流れ込むあたりにあった。舟運が盛んだったから、川波を打つ舟の櫓の音が響いてくる。芭蕉はその響きに耳を傾けながら、はらわたも凍りそうな夜の寒さにさめざめと涙をこぼす。

芭蕉はこの句も交えて「乞食《こつじき》の翁《おきな》」という文をまとめている。芭蕉はここでも杜甫の詩を引き、自分の暮らしを杜甫のそれになぞらえている。そして、「簡素茅舎の芭蕉に隠れて、みづから乞食の翁と呼ぶ」と結び、続けてこの句をはじめ四句を書きつけている。

もう十年くらい前になるだろうか、「芭蕉を憶《おも》う夕べ」という集まりで、金子兜太が「芭蕉という男はどうも気に入らない」と挨拶を切り出した。兜太が小林一茶贔屓なのはよく知られている。その一茶に比べて芭蕉は気取っていると兜太は言うのである。四十歳かそこらで自分を翁などと呼んでいるのも気に食わないということだった。

芭蕉が自分を翁と称したのは、深川に移り住み、この「乞食の翁」をまとめたあたりから、つまり数えで三十七、八というところだ。いくら人生五十年といっても気が早過ぎる。これもまた杜甫が自ら「老杜」と称していたことのパロディでもあったのだろう。「櫓の声波を打つて」というものものしい言い回しも漢詩調を意識してのことだろう。山本健吉はこれについて「作者の胸中のいいがたい悲しみは、このような表現でなくては満たされなかったのだろう」と記しているが、あまり真面目に受け取ってもいけないのではないか。ほんとうに辛ければ日本橋の暮らしに戻ればよい。しかし、門人からの施しだけで侘び住まいに明け暮れるライフスタイルを自分の創作のトレードマークにしてみせようと深川に来たのであれば、そうおいそれと戻るわけにはいかないのだ。

氷苦く偃鼠《えんそ》が咽《のど》をうるほせり

これも「乞食の翁」の中に引かれている句で、「水を買う」と前書がある。「氷苦く」というのは、買っておいた甕の水が寒さで凍ってしまったのだ。偃鼠とはドブネズミのこと。芭蕉は自分をドブネズミに喩え、その氷を舐めてやっと喉を潤しているのだというのである。これもまたずいぶん大げさな感じがする。

芭蕉は江戸に出てきてから水道関係の事業に関わっていたらしいことが知られている。徳《とく》川家康《がわいえやす》が開いた当時の江戸は、元来湿地ばかりであまりよい土地ではなかった。井戸を掘っても塩気のまじった水が出てくる。都市を築くには水道整備が必要だった。そこで作られたのが神田上水である。現在の井の頭公園にある井の頭池は、昔はこんこんと泉が湧き溢れていた。神田上水はその水を江戸まで引いたものだ。上水といっても今の水道管のように地中に埋設したわけではなく、地上の水路を流れていたので、手入と掃除が欠かせない。早稲田大学の近くに今も関口芭蕉庵があり、そこから見下ろす坂の下に神田川が流れている。当時はこのあたりに神田上水の堰《せき》があった。芭蕉は人足を雇ってこの上水の清掃事業を行っていたのだった。俳諧師と水道事業者の二足の草鞋《わらじ》を履いていたのだ。

堰から引かれた神田上水の水は、水道橋を通って日本橋や神田へ供給された。芭蕉が日本橋で暮らしていた頃は、自分が関わったこの神田上水の水を飲んでいたはずである。大元は泉だからうまい水だったことだろう。しかし、深川は隅田川の川向こうだから神田上水の水は届かない。そこで、舟に水を積んでやってくる水売りから水を買うことになる。水に不自由するというのは、水道事業に関わった芭蕉ならではの感慨があったはずだし、その事情を知っている人は、大げさに嘆いて見せる芭蕉に苦笑を禁じ得なかったことだろう。この句にユーモアを感じても間違いではあるまい。

この時代に流行していた俳諧を「談林《だんりん》」と呼ぶ。人をあっと言わせるような痛快なパロディが好まれ、競って新しい諧謔の種を追い求めた。日本橋にいた芭蕉もその流行の真っただ中で活躍していた。

於《ああ》春々大《だい》なる哉春と云《うん》々《ぬん》

深川に移ることになる年の正月にはまだこんな句を詠んでいた。当時の俳諧師にとっては、年の始めに門人たちの作品を集めた歳旦帖《さいたんちょう》という冊子を作って各所へ配るのが大事な仕事の一つだった。この句はこの年の歳旦帖に収められたもの。人を驚かす奇抜な言い回しでこの世の春を謳歌し、肩で風を切るような華やかな宗匠ぶりが想像される一句である。

正月にはこんな句を作り、同年の六月には水道事業請負の記録がある。ところがその年の冬になると、突然深川に移り、自分を乞食の翁と呼び、貧寒の侘び住まいを詠った。その間に芭蕉の心中で何があったのか。

一つには談林俳諧の限界を感じ始めたことがあったのではないか。奇抜で斬新な趣向を求める談林俳諧は、このままではやがてネタが尽きて飽きられてしまう。誰も思いつかなかった、人をあっと言わせることをやらなければそこから抜け出せないのではないか。そこで芭蕉は身を以て漢詩の世界のパロディを演じることを思いついたのではなかったか。だから、雨漏りがしようが、はらわたが凍えようが、水が不味《まず》かろうが、その暮らしは侘しければ侘しいほど可笑しい。

芭蕉の戦略は当たり、深川から発せられる芭蕉の作品は評判になった。都市生活から意図的に距離を置いて隠遁《いんとん》するアウトサイダーの文芸として認められていくのである。

あさがほに我は飯《めし》食ふ男哉

翌年、芭蕉三十九歳の句。芭蕉の最も早い時期からの弟子に宝井其角《たからいきかく》がいる。江戸に出てきてまだ無名の芭蕉に十四歳で入門した。江戸っ子で伊達を好み、作風は機知に富んで派手。その其角が詠んだ「草の戸に我は蓼《たで》くふ蛍哉」に唱和して芭蕉が詠んだのがこの句である。

其角の句は、「蓼食う虫も好き好き」を踏まえて、あばら家に住む私は世間一般の好みから外れて夜な夜な蛍のように出歩く男だというもの。其角らしい奇矯な内容だ。それに対して芭蕉は、私は朝顔が咲けば飯を食う、ごく普通の男だと応じている。

俳諧師としての生活は、いわば自分の芸を売って生きていくのだから、パトロンや門弟相手の酒席も多かったことだろう。それに対して、深川での暮らしは早寝早起き、朝からしっかり飯を食う。

一読して、最初に紹介した三句とはずいぶん印象が違うと思われることだろう。深川隠棲の意図が当たり、新しい俳諧の道を切り拓く見通しが立った。そんな手応えを感じたことで、芭蕉の暮らしから余計な気負いが消えたのではないか。逆に其角の句の気負いを茶化しているような表情である。平凡な日常をあえて一句のテーマにしてみせたことで、飾らないユーモアが生まれている。

最初の芭蕉庵は、この年の暮の大火に遭って焼けてしまう。芭蕉はしばらく甲州に避難し、東京に戻って日本橋に仮住まいした後、四十歳の冬に弟子たちが再建してくれた芭蕉庵に帰った。そして、四十一歳の正月を迎えて詠まれたのが次の句である。

春立つや新年ふるき米五升

旧暦では立春と新年が相前後してやって来る。新年を迎えても貧しい暮らしの蓄えは古い米が五升あるばかり。この米も自分で稼いで買ったものではない。乞食の翁として、生活のすべてを弟子たちに頼っている。日本橋での俳諧師の暮らしは、俳句指導に対して点料《てんりょう》と称する金銭を受け取って成り立っていた。それに対して、深川での暮らしは芭蕉に共感してその芸術を応援しようとする人たちの施しで賄われた。芭蕉庵の乏しい什器《じゅうき》の一つに米を入れる瓢《ひさご》があり、これは五升きりしか入らなかった。その瓢が弟子たちのもたらした米で満ちているのだ。けっして豊かではないが弟子たちのおかげで安心して暮らしていける。そうやって新年を迎えた喜びが、立春の気分と重ねて詠まれているのである。この句も、「あさがほに」の句と同様、芭蕉の暮らしが心身ともに落ち着いたことを窺わせるものだ。

そうした安定を得て、芭蕉は四十一歳となった八月、最初の長旅となる「野ざらし紀行」の旅に出る。

野ざらしを心に風のしむ身哉

野ざらしとはされこうべ、風雨に曝《さら》された頭蓋骨である。どこかで行き倒れて野ざらしになるかもしれない、そう思うとわが身に風が冷え冷えと沁みるようだ。「身に入《し》む」というのが秋の季語、秋の冷ややかな寂寥を感じさせる季語である。

旅立ちに当たって悲壮な決意を示す句である。しかし、ちょっと大げさではないかという気もする。江戸時代は治安も安定し、東海道であれば命懸けというわけでもあるまい。これは旅のなかで自分の芸術を深めていこうという決意の表れなのだろう。芭蕉という人は新しいことをしようとするとき気負うようだ。あるいはその気負って見せるポーズが、芭蕉の一種のユーモアなのかもしれない。
この旅の一番の目的は、久しぶりに故郷の伊賀上野に帰ることだった。江戸に出て十数年、芭蕉は前年に亡くなった母の死に目にも会えなかった。その母の墓参りをやっと果たせた。その一方で、関西、東海地方の門弟に会い、また他流試合を通して芭蕉の俳諧の新たな信奉者も得た。そうした成果とともに深川に戻った芭蕉は四十二歳になっていた。

夏衣いまだ虱《しらみ》をとりつくさず

旅から戻った芭蕉庵での句。旅の夏衣についた虱をまだ取り尽くさずにいる。これも人に笑ってもらおうという雰囲気がある。何より自分の家に帰ってきたという安堵《あんど》感が一句をくつろがせている。

よく見れば薺《なずな》花咲く垣根かな

地味な句だが、俳句と暮らすという気分が好もしい。旅から戻って家にいると、日常の暮らしには感動的なものがそうそういつもあるわけではない。季節はただ静かに過ぎていく、それでも、垣根のあたりをよく見たら薺の花が咲いている。言っては悪いが素人にも作れそうな句だ。そこには機知も頓知《とんち》もない。あるのはそんなところにささやかな春の訪れを見出した素直な満足感である。

深川に来た当初から比べると、芭蕉もずいぶん変わったものだ。故郷に錦を飾るというほどではなくとも、実家を守る兄に会い、母の墓参りもし、俳諧でどうにか食える身になった境遇を報告できた。旅の途上で自分の俳諧の理解者を得た手ごたえもあった。旅の目的を果たしたことで肩の力が抜け、家にいる時間が自然体になっている。日常を日常のまま素直に受け入れられるようになった芭蕉が見えてくるのである。そんな生活の中から、芭蕉の最も有名な作品は生まれた。

古池や蛙《かわず》飛び込む水の音

深川の芭蕉庵は、弟子の杉山杉風《すぎやまさんぷう》が世話してくれたものだった。杉風が魚を商っていたことから庵の近くには生簀《いけす》の跡の池があった。この句の古池がそれである。春になって、その池にぽちゃんと蛙《かえる》の飛び込む音がした。池はすぐにまた元のように静まり返っているが、心の中に波紋を広げた余韻はいつまでも残っている。

日本橋の談林時代はゲラゲラと大笑いを喚起するような奇抜な俳句でしのぎを削り、深川に移った当初は漢文調で大仰に貧寒の暮らしを歎じてみせた。それらに比べると、この句の印象はとても穏やかだ。

見たまま、聞いたまま書き留めたようにも見えるが、この句にも仕掛けはある。伝統的に和歌で蛙を詠むときは、河鹿蛙《かじかがえる》の美しい声を読むのが約束だった。紀貫之《きのつらゆき》が書いた古今集の序文に「花に鳴くうぐひす、水に住むかはづの声を聞けば生きとし生けるものいづれか歌をよまざりける」とある。花には鶯《うぐいす》が、水には蛙の声が聞こえる。それを聞けば、この世に生を享《う》けて歌を詠まないという者がどこにいるだろう。ところが、芭蕉のこの句は、蛙の鳴く声ではなく、池に飛び込んだ水の音を提示した。そこが和歌の伝統を踏まえながら、俳諧の庶民的な感覚を示して新しかった。

其角がこの句の上五を「山吹や」とすべきだと進言したと伝わっている。蛙と山吹は和歌に好まれた伝統的な取り合わせだったから、和歌の美意識をずらした狙いは山吹を添えたほうがはっきりするという趣旨である。しかし、芭蕉は「古池や」とした。「山吹や」では情景が華やかになり過ぎるのを嫌ったのだろう。草庵の暮らしの静かな心持ちを表すには「古池や」がよかったのだ。この句は、禅の思想とともに欧米の詩人たちにも受け入れられ、心静かな閑寂の世界を開いたものと受け止められている。それにはやはり古池がよいだろう。

芭蕉と弟子たちは蛙を題にした俳句を詠み合い、その甲乙を競って「蛙合《かわずあわせ》」という一書にまとめた。大の大人たちがのんきなことである。その中でも芭蕉のこの句は、優雅な和歌の世界とも、奇警な談林俳諧の世界とも異なる、新しい美意識の世界を示したものとして弟子たちに受け入れられたことだろう。芭蕉とその一門の作風を蕉風《しょうふう》または正風と呼ぶ。この句が正風開眼の一句と言われるのはそのような背景に拠るのだ。この句はまさに芭蕉が深川で仲間たちと過ごす日常のなかで生まれたものなのである。

名月や池をめぐりて夜もすがら

広沢池や猿沢池のような月見の名所で詠まれたような気分のよさだが、この句の池も「古池や」と同じく生簀の跡の池である。中秋の名月の晩に、其角はじめ弟子たちが芭蕉庵を訪ね、舟を出して隅田川で月見をした後、皆で夜通し池を巡って月を楽しんだ。「池をめぐりて夜もすがら」、自分の暮らす深川の土地を讃《たた》えてこれ以上の言葉はないだろう。

きみ火をたけよき物見せん雪まろげ

芭蕉庵の生活は施しのみならず万事門弟たちの世話になって成り立っている。近所に住んでいた曾良《そら》は「奥の細道」の旅に同行したことで知られているが、ふだんは芭蕉庵に出入りして家事を手伝っていた。この句は雪の日にやってきた曾良に呼びかけたものである。君は火を焚きなさい、私はよいものを見せてやろう。雪まろげとは積もった雪をころがして大きく丸めたもの、今なら雪だるまといったところだ。こいつを眺めて一緒に酒でも飲もうというところだろう。いい年をして雪が積もったことにはしゃいでいる。芭蕉庵での暮らしが安定するにつれて、芭蕉には風狂の心が芽生え、それが作品の基調になっていく。世の中の因習に束縛されずに風雅の世界に遊ぶのである。

次の句も同じ頃雪を詠んだもの。

酒のめばいとゞ寝られね夜の雪

この句には「あら物ぐさの翁や」で始まり「あら物ぐるおしの翁や」で終わる文が添えられている。ただし、翁といってもまだ四十三歳だ。

芭蕉庵には門弟を初めとして芭蕉を慕う人たちの出入りが絶えない。これでは閑寂な境地を目指して深川に隠遁した意味がない。もう人に会うまい、人を招くまいと何度も心に誓うのだが、雪の夜ともなると友が慕われてならない。一人で酒を飲んでも寂しくていよいよ寝付けないと嘆いている。孤独を欲する心と友を欲する心が芭蕉の中でせめぎ合うのである。

花の雲鐘は上野か浅草か

四十四歳の春。隅田川の流れに沿ってまるで雲が棚引くように桜の花の眺めが続いている。その先からゴーンと鐘の音が聞こえるのは、上野の寛永寺だろうか、浅草の浅草寺だろうか。これもまた芭蕉の暮らしの中の一句だった。賑《にぎ》やかな江戸市中ではなく、隅田川の川向こうの静かな暮らしだからこそ感じられる桜の季節の江戸の華やぎである。

蕣《あさがお》は下手《へた》のかくさへ哀《あわれ》也

「草庵に桃桜あり、門人に其角嵐雪あり」、服部嵐雪《はっとりらんせつ》は其角と同じ頃に芭蕉に入門し、芭蕉からこう並び称された古参の弟子である。この句は、嵐雪が朝顔の絵を描き、それに芭蕉の画賛を求めたのに応じて詠んだもの。朝顔という花は下手くそが書いても風情があっていいものだなあ、というところだ。そう言われて嵐雪が機嫌を損ねたとも思われない。芭蕉と門人たちの親しい交わりが生み出す座の雰囲気が伝わる句だ。

蓑虫の音《ね》を聞きに来よ艸《くさ》の庵《いお》

私の草庵に蓑虫の鳴く声を聞きにおいでよと呼びかけている。蓑虫は発声器官を持たないので現実に鳴くことはないが、「枕草子」には親に捨てられた蓑虫が秋になると「父よ、父よ」と鳴くと書かれている。それを踏まえているのだ。この句もまた仲間との風狂を楽しんでいる芭蕉の日常を彷彿とさせる。

「野ざらし紀行」の旅から戻った深川での暮らしは二年余り続いた。そしてこの年の十月、芭蕉はのちに「笈《おい》の小文」にまとめる深川移住後二度目の長旅に出る。

旅人と我が名呼ばれん初時雨

この句は其角邸で催された餞別《せんべつ》の会で詠まれた。前回の旅立ちに「野ざらしを心に風のしむ身哉」と詠んだ悲壮感はここにはない。冬の空に降ったりやんだりする時雨は、伝統的に定めなき世の無常観を象徴するものとして詠まれてきた。ところが、芭蕉のこの句は、そうした伝統をわきまえながらも、どこか楽しそうですらある。時雨に濡れて行く先々で旅人と呼ばれて迎えられよう、そんな心の弾みが感じられる。

この旅は俳句仲間に囲まれた芭蕉庵での暮らしの延長線上にあったと言えるだろう。まずは名古屋を中心に各地に招かれて歌仙を巻き、前回の旅で知り合った杜国《とこく》という若者が米の違法取引の罪で渥美半島の先に蟄居《ちっきょ》していると知るとわざわざ訪ねに行った。故郷で新年を迎えた後、杜国と示し合わせて伊勢で落ち合い、二人で春爛漫《らんまん》の関西の名所めぐりの旅に出た。杜国は道中自ら万菊丸と名乗って芭蕉にかしずく。芭蕉の生涯で最も心躍る旅だったと思われるが、これもまた深川の生活で芽生えた風狂の延長と言えようか。

秋も深まって再び江戸に戻ると、芭蕉は四十五歳になっていた。

木曾の痩《やせ》もまだなほらぬに後の月

帰途に更科で中秋の名月を見た芭蕉は、一か月後の十三夜の名月を深川で仰いだ。木曾まで足を伸ばした旅で痩《や》せた体はまだもとに戻らない。芭蕉が最初に自らを翁と称したのは、老杜になぞらえて深川隠棲を漢詩風に構成しようとした気取りから出たものだったが、それから八年が過ぎ、どうもこの頃から実際に肉体的な老いを感じるようになったようだ。フィクションだった翁に実体が近づいてきたのである。

冬籠りまたよりそはん此の柱

深川の草庵で旅の疲れを癒しながら冬籠りをする。一人で閑寂の時を楽しみ、あるいは仲間を迎えて清遊にふけったとき、いつも背にした柱なのだろう。それは心安いわが家そのものである。

春雨や蓬《よもぎ》をのばす草の道

芭蕉四十六歳の春である。芭蕉の句としては地味であまり知られていないが佳品だと思う。春雨は伝統的な季題で、いつまでもしとしとと降るものとされている。雨が降るたびに草が丈を伸ばす。春先に草餅のために摘んだ蓬もいつの間にか茎を伸ばしている。道が蓬を伸ばしたのだという見方がおもしろい。芭蕉の通い慣れた散歩道なのではないか。その道への親しみを込めた一句なのだと思う。何のパロディでもない。伝統的な季語を自分の暮らしの中で親しく受け止めただけの句である。だから現代の私たちが読んでも素直に味わえる。

しかし、今回の深川での暮らしは長くは続かなかった。この春、芭蕉はいよいよ奥の細道の旅に出るのだ。この旅は「野ざらし紀行」の旅、「笈の小文」の旅とは趣旨が大きく異なる。先の二つの旅は、故郷に親族を訪ね、東海、京阪神一円に自分の芸術の理解者を訪ねることが目的だった。今を生きる人々に会うことが目的だったのだ。それに対して、奥の細道の旅は、西行など尊敬する古人の踏んだ道をたどり、古くから和歌に詠まれてきた土地、いわゆる歌枕を実際に訪ね、奥州藤原氏や源《みなもとの》義経《よしつね》の旧跡を巡る、もっぱら芸術的な衝動に駆られての旅だった。いわば死者に会う旅なのである。

道中予想される苦難も先の二つの旅とは比べ物にならなかっただろう。それでも日々の暮らしの中で老いを感じ始めたことが芭蕉を急がせたのではないか。自らの芸術を大成させるための、文字通り命懸けの旅だったのだ。

その出立に当たって詠んだのが、「奥の細道」でも知られる次の句である。

草の戸も住替《すみかわ》る代《よ》ぞひなの家

芭蕉はこの旅立ちに当たって芭蕉庵を処分した。はたして江戸に帰って来られるかわからないという覚悟の表れなのだろう。この草庵も住む人が替われば女の子のために雛人形が飾られる家になる。この句には芭蕉の家族観がはっきり出ている。芭蕉自身は家族や家庭という概念から完全にアウトサイダーだということだ。「ひなの家」とは家族によって営まれるふつうの家庭ということに他ならないのである。

「奥の細道」は芭蕉の生涯の最高傑作であり、紀行文に挟まれた俳句も名句のオンパレードである。芭蕉の精神に統《す》べられて自然と歴史と人間が渾然一体をなす交響詩のような世界。それが最高潮に達するのは、次の句が詠まれた源義経最後の地である平泉の高館《たかだち》だろう。

夏草や兵どもが夢の跡

栄華を誇った奥州藤原氏も、頼朝《よりとも》方の追手を逃れてきた義経主従も、この地の露と消えた。「国破れて山河あり、城春にして草青みたり」――芭蕉は杜甫の詩を思い浮かべて涙を落とした。

深川の芭蕉庵に移り住んだ当時の作品は杜甫の漢詩の世界のパロディだった。それをことさらに強調して大仰だった。しかも、杜甫の詩の憂悶《ゆうもん》が私《わたくし》から国へと向かうのに対して、芭蕉の詩は私に閉ざされていた。それに対して、ここに引かれた杜甫の詩は高館に立つ芭蕉の思いにごく自然に寄り添っている。芭蕉は栄耀と衰亡の歴史の地を踏むことによって私の世界を超えた視座を得たと言えようか。自らそれを願っての旅立ちだったのかもしれない。『奥の細道』の旅は江戸ではなく大垣で終わる。大垣から先には芭蕉の親しい門弟たちがいた。それはもう奥の細道ではないということだろう。芭蕉はこの旅の後、すぐには江戸に帰らず京阪神にとどまり、琵琶湖のほとりの幻住庵《げんじゅうあん》や嵯峨野の落柿舎《らくししゃ》に滞在した。落柿舎では芭蕉一門の最高の選集とされる「猿蓑《さるみの》」をまとめた。

この頃から芭蕉は「軽み」を説き始めている。「奥の細道」の芸術的高みへの執着を断って、平俗な世界に俳諧の道を見出そうとするのだ。「軽み」とは観念や理屈を捨てよう、風流ぶりをやめよう、古典や故事に寄り掛かった句はやめよう、ということである。見たまま感じたままを素直なことばで詠む、それが「軽み」だと言う。多くの弟子たちを当惑させながら、芭蕉はひたすら軽くあろうとする。

芭蕉は三年越しでようやく江戸に帰った。ひとまず日本橋に仮寓《かぐう》して四十九歳の正月を迎える。その春に詠まれたのが次の句。

鶯や餅に糞する縁のさき

先に古今集の序文で見たように、鶯は蛙とともに春に鳴くものの代表である。その鶯の声を詠うのではなく、縁先の餅に糞を落として行ったことを詠んでいる。和歌の風雅をさらりとかわして、日常の風景を読んでいること、これも軽みだろう。五月になると弟子たちが新しく用意してくれた深川の芭蕉庵に移った。芭蕉の最後の草庵暮らしである。

塩鯛の歯ぐきも寒し魚の店《たな》

水揚げしたばかりの生きのよい鯛ではない。魚屋で塩にまみれて歯茎もあらわに寒々と鋭い歯を見せている鯛だ。「寒し」は人が肌身で感じるものだが、この句は視覚から寒さを納得させる。

これもまた其角の「声枯れて猿の歯白し峯《みね》の月」に呼応したものだった。漢詩文には猿の声が悲しみを誘うものとしてしばしば詠まれる。其角はそれを踏まえ、声も枯れ尽くしてなお山月に白い歯を剝く猿の凄絶《せいぜつ》な姿を描いて見せた。其角の名句に数えてよい出来栄えだが、芭蕉はそれに対して魚屋の塩鯛という日常のありふれたものを提示した。

其角の句は、芭蕉のかつての漢詩調の名残をとどめている。それに対して、芭蕉は日常の中に日常の言葉で詩を見出そうとしている。それが軽みである。しかし、一句の印象は軽くはない。むしろ、「歯ぐきも寒し」という鯛の姿に、芭蕉の老いの自覚が露わになっている印象がある。芭蕉はこの句に触れて「我が老吟なり」と語っている。

年が明けて五十歳になると、芭蕉の体力の衰えは一層つのった。人に会うと疲れるので、秋には来客謝絶とした。もっとも、一か月もすると寂しくなって撤回してしまったのだが。

そして芭蕉の没年となる元禄七年を迎える。芭蕉五十一歳である。

春雨や蜂の巣つたふ屋根の漏り

芭蕉庵の軒下に蜂が巣を作ったのだろう。しとしとと降り続く春雨が屋根から漏れて蜂の巣を伝う。日常のそれこそなんでもない情景である。この章の最初に挙げた「芭蕉野分して盥に雨を聞く夜哉」に比べると、同じ雨漏りでも印象は大違いだ。俳句と暮らす人の飾りのない目がそこにある。見たままのように見えて、そこには芭蕉の心情がじわじわと滲《にじ》んでいる気がする。

芭蕉はこの年五月に最後の旅に出る。

麦の穂を便《たより》につかむ別《わかれ》かな

深川を出た芭蕉は川崎まで弟子たちに送られここで別れた。折しも麦の穂の実る頃、その穂をつかんで出立するというのは、ユーモアまじりとはいえ、老いの身に旅の前途が思いやられてのことか。

此秋《このあき》はなんで年よる雲に鳥

故郷伊賀に寄って年取った兄たちに会い、ようやく目的地の大坂にたどり着いたのが九月。はるかな雲を鳥が飛んでいく、それにしても、この秋はどうしてこうも年を取ってしまったのだろう。鳥は漂泊を続ける芭蕉自身だとも、あるいは老いた肉体を残して飛び去る精神だとも見える。

この旅は「奥の細道」のように自らの芸術を打ち開くためのものではなく、大坂で仲違いをする弟子たちの仲裁をするために出かけてきたものだった。一説には長崎まで旅を計画していたとも言われるが、体力的には到底無理な話である。

旅に病んで夢は枯野をかけ廻る

大坂で床に臥した芭蕉は、十月八日にこの句を詠み、十二日に帰らぬ人となった。夢のなかではなお枯野を彷徨《さまよ》い、心は長崎をめざしていたのかもしれない。

芭蕉は自ら翁と称して深川芭蕉庵で俳句と暮らすことを始めた。そこから何度も大きな旅に出て理解者を増やしながら、俳諧をかつてない芸術的な高みへと引き上げた。そして、心身が衰えてほんとうの翁となったときに一切を放擲《ほうてき》して軽みを唱え、五十一年の生涯を終えた。

私はすでに五十代半ば。芭蕉の享年をとうに過ぎている。そろそろ自ら翁と観念して、自分の俳句の足許を見つめ直すべきなのか。遥かな旅に出てはみたいが、サラリーマンの身には叶わぬことである。せめて芭蕉が深川の暮らしにおいて何を考え、何を試みたか、それを自らの糧にしたいと思っている。

# あとがき

「はじめに」から書き始めたこの本もようやく「あとがき」にたどり着いた。その間にも日常の日々は過ぎた。「はじめに」に書いた更地にはマンションの建設が進み、そして完成した。街の入口に城壁のようにそそり立ち、もうそこが更地だったことも、更地になる前に古い眼医者があったことも、そして毎年その眼医者の前で木槿が花を咲かせたことも、すっかり忘れられようとしている。

金盥傾け干すや白木槿　　軽舟

今では私にかつての眼医者のことを思い出させるのはこの句だけだ。しかし、街から眼医者の記憶が遠ざかるほどに、私にとってこの句の情景はより鮮明になっていく気がしている。俳句は忘れ去っていく日常のなんでもない記憶を甦らせてくれるものだと「はじめに」に書いた。なんでもないからこそ大切で尊い。そう思って私は俳句とともに毎日を暮らしている。

## かつてラララ科学の子たり青写真

私は日本の高度成長期に生まれ育った。焼跡から戦後復興を果たし、一所懸命働けば今日より豊かで幸せな明日がきっと来ると日本人みんなが信じていた。この句の「ラララ科学の子」は谷川俊太郎《たにかわしゅんたろう》が作詞した「鉄腕アトム」の主題歌の一節をそのまま引いた。「鉄腕アトム」の最初のテレビ放映は昭和三十八年から四十一年。昭和三十六年生まれの私が物心ついたときには、もう家にテレビがあって、この主題歌が流れていた。

青写真をなつかしく思い出す読者も多いと思う。種紙を載せた印画紙に日光を当てて絵柄を写し取る玩具で、日光写真とも呼ぶ。これが冬の陽だまりの遊びとして季語になっている。テレビで「鉄腕アトム」を見た世代と青写真で遊んだ世代はだいたい重なるだろう。将来何になりたいかと聞かれるとプロ野球選手か科学者と答える子どもが多かった。しかし、それから半世紀が過ぎ、かつての科学の子のほとんどはそれほど科学的でない大人になった。私もその一人である。

ロボット技術と人工知能の急速な発展によって、鉄腕アトムのような人型ロボットは現実化しつつある。その一方で、アトムに十万馬力をもたらした原子力は、軍事利用、平和利用、いずれにおいても世界の元凶と見られるようになっている。

原子炉の無明《むみょう》の時間雪が降る

福島の原発事故のあと、しばらくしてこの句ができた。「無明」は真理から遠い迷妄と煩悩の世界を意味する仏教用語を借りた。半世紀後の科学の子が目にしたのは、この先半世紀経っても解決しているかどうかわからない科学技術の混沌である。かつての科学の子はそれをただ見守ることしかできない。

私たちの日常は時代とともにある。どんなに個人的なことであってもそこには時代の光と影が宿る。忘れ去っていく日常のなんでもない記憶——それは私自身のものであるとともに、同じ時代を生きる私たちのものでもある。俳句は一人一人の日常の思い出を共有のものとすることによって私たち民族の思い出を残すことができる。

過去の思い出を背負って私たちの未来はある。

来てみれば未来平凡木の芽和《あえ》
飯蛸やわが老い先に子の未来

木の芽和も飯蛸も春の季語だ。木の芽和は山椒の芽を味噌などに擂《す》りまぜて魚介や筍などを和えたもの。飯蛸は飯粒のような卵を抱く頃が旬で煮つけが美味しい。どちらも酒の肴にうってつけのもの。一杯やりながら未来というものに思いをめぐらせている、とでも読んでもらえばよい。

私が子どもだった頃に描かれた未来に比べると、現実にやってきた未来は思ったより平凡である。半世紀前には想像もしなかったものも多く生まれているけれど、人の暮らしそのものは案外変わっていない。もう私がこの国の未来に積極的に貢献することはないだろう。私に残された老い先に息子と娘の世代の未来がある。それをもうしばらく見届けてやりたい。

過去と未来の接点に現在の日常がある。振り返れば過去があり、前を向けば未来があり、見まわせば同じように平凡な日常を重ねる人々がいる。俳句はこの何でもない日常を詩にすることができる文芸である。しかし、日常にべったり両足を着けたままでは詩は生まれない。ちょっと爪先立ってみる。それだけで日常には新しい発見がある。その発見が詩になる。ちょっと爪先立ってみる——それが俳句なのだ。
この本を読んで「俳句と暮らす」ことに魅力を感じ、自分でもそれを実践してみたいと思う人が一人でも二人でも出てきてくれればうれしいことである。書き下ろしで本を書くのは初めてのことで、サラリーマンと俳人の二つの稼業を日々営みながら執筆の時間を見つけるのは至難だった。それでも私にこの本を書くことを勧め、辛抱強く励まし続けて下さった中公新書編集部の小野一雄さんに、心から感謝申し上げる。

一年の未来ぶあつし初暦

間もなく新しい年を迎える。まだぶあつい日めくりの一枚一枚に来たるべき日常がある。その一日一日を大切に暮らしていきたい。この本を書き終えた今、あらためてそう思っている。

平成二十八年十二月

小川軽舟

# 引用句索引

## 【ア行】

【サ行】

【ナ行】



【ハ行】

# 人名索引

【ア行】

小川軽舟（おがわ・けいしゅう）

1961年（昭和36年），千葉市に生まれる．東京大学法学部卒業．俳句雑誌「鷹」にて藤田湘子に師事．1999年「鷹」編集長，2005年湘子逝去にともない「鷹」主宰を引き継ぐ．毎日新聞俳壇選者，毎日俳句大賞選者，田中裕明賞選考委員．句集に『近所』（第25回俳人協会新人賞），『手帖』『呼鈴』『掌をかざす　俳句日記2014』，著書に『魅了する詩型　現代俳句私論』（第19回俳人協会評論新人賞），『現代俳句の海図』『シリーズ自句自解Ⅰベスト100　小川軽舟』『藤田湘子の百句』『ここが知りたい！　俳句入門』などがある．

俳句《はいく》と暮《く》らす
中公新書 2412

2016年12月25日初版
2017年4月20日再版



著　者　小川軽舟
発行者　大橋善光

本文印刷　三晃印刷
カバー印刷　大熊整美堂
製　　本　小泉製本

発行所　中央公論新社
〒100-8152
東京都千代田区大手町 1-7-1
電話　販売 03-5299-1730
　　　編集 03-5299-1830
URL http://www.chuko.co.jp/



Published by CHUOKORON-SHINSHA, INC.
Printed in Japan　ISBN978-4-12-102412-1 C1292

# 中公新書刊行のことば

いまからちょうど五世紀まえ、グーテンベルクが近代印刷術を発明したとき、書物の大量生産は潜在的可能性を獲得し、いまからちょうど一世紀まえ、世界のおもな文明国で義務教育制度が採用されたとき、書物の大量需要の潜在性が形成された。この二つの潜在性がはげしく現実化したのが現代である。

いまや、書物によって視野を拡大し、変りゆく世界に豊かに対応しようとする強い要求を私たちは抑えることができない。この要求にこたえる義務を、今日の書物は背負っている。だが、その義務は、たんに専門的知識の通俗化をはかることによって果たされるものでもなく、通俗的好奇心にうったえて、いたずらに発行部数の巨大さを誇ることによって果たされるものでもない。現代を真摯に生きようとする読者に、真に知るに価いする知識だけを選びだして提供すること、これが中公新書の最大の目標である。

私たちは、知識として錯覚しているものによってしばしば動かされ、裏切られる。私たちは、作為によってあたえられた知識のうえに生きることがあまりに多く、ゆるぎない事実を通して思索することがあまりにすくない。中公新書が、その一貫した特色として自らに課すものは、この事実のみの持つ無条件の説得力を発揮させることである。現代にあらたな意味を投げかけるべく待機している過去の歴史的事実もまた、中公新書によって数多く発掘されるであろう。

中公新書は、現代を自らの眼で見つめようとする、逞しい知的な読者の活力となることを欲している。

一九六二年一一月

中公新書

## 哲学・思想

中公新書

## 宗教・倫理

## 言語・文学・エッセイ

j 1

433 日本語の個性 外山滋比古
533 日本の方言地図 徳川宗賢編
500 漢字百話 白川　静
2213 漢字再入門 阿辻哲次
1755 部首のはなし 阿辻哲次
2341 常用漢字の歴史 今野真二
2254 かなづかいの歴史 今野真二
2363 外国語を学ぶための言語学の考え方 黒田龍之助
1880 近くて遠い中国語 阿辻哲次
742 ハングルの世界 金　両基
1833 ラテン語の世界 小林　標
1971 英語の歴史 寺澤　盾
2407 英単語の世界 寺澤　盾
1533 英語達人列伝 斎藤兆史
1701 英語達人塾 斎藤兆史

2086 英語の質問箱 里中哲彦
2165 英文法の魅力 里中哲彦
2231 英文法の楽園 里中哲彦
1448 「超」フランス語入門 西永良成
352 日本の名作 小田切　進
212 日本文学史 奥野健男
2285 日本ミステリー小説史 堀　啓子
563 幼い子の文学 瀬田貞二
2156 源氏物語の結婚 工藤重矩
1787 平家物語 板坂耀子
1798 ギリシア神話 西村賀子
1254 ケルト神話と中世騎士物語 田中仁彦
2382 シェイクスピア 河合祥一郎
2242 オスカー・ワイルド 宮﨑かすみ
275 マザー・グースの唄 平野敬一
2404 ラテンアメリカ文学入門 寺尾隆吉
1790 批評理論入門 廣野由美子

2251 〈辞書屋〉列伝 田澤　耕
2226 悪の引用句辞典 鹿島　茂
2427 日本ノンフィクション史 武田　徹

中公新書

## 言語・文学・エッセイ

j2

1656 詩歌の森へ　芳賀　徹
1729 俳句的生活　長谷川　櫂
2010 和の思想　長谷川　櫂
2255 四季のうた―詩歌の花束　長谷川　櫂
1725 百人一首　高橋睦郎
1891 漢詩百首　高橋睦郎
2091 季語百話　高橋睦郎
2246 歳時記百話　高橋睦郎
2048 芭　蕉　田中善信
2412 俳句と暮らす　小川軽舟
824 辞世のことば　中西　進
686 死をどう生きたか　日野原重明
3 アーロン収容所　会田雄次
956 ウィーン愛憎　中島義道
1702 ユーモアのレッスン　外山滋比古
2039 孫の力―誰もしたことのない観察の記録　島　泰三
2053 老いのかたち　黒井千次
2289 老いの味わい　黒井千次
2252 さすらいの仏教語　玄侑宗久
220 詩　経　白川　静

## 芸術

k1

- 1741 美学への招待 佐々木健一
- 2072 日本的感性 佐々木健一
- 1296 美の構成学 三井秀樹
- 1220 書とはどういう芸術か 石川九楊
- 2020 書く―言葉・文字・書 石川九楊
- 2014 ヨーロッパの中世美術 浅野和生
- 1938 カラー版 フランス・ロマネスクへの旅 池田健二
- 1994 カラー版 イタリア・ロマネスクへの旅 池田健二
- 2102 カラー版 スペイン・ロマネスクへの旅 池田健二
- 118 フィレンツェ 高階秀爾
- 385 386 近代絵画史(上下) 高階秀爾
- 2052 印象派の誕生 吉川節子
- 1781 マグダラのマリア 岡田温司
- 1998 キリストの身体 岡田温司
- 2188 アダムとイヴ 岡田温司
- 2369 天使とは何か 岡田温司
- 2232 ミケランジェロ 木下長宏
- 2292 カラー版 ゴッホ〈自画像〉紀行 木下長宏
- 1988 日本の仏像 長岡龍作
- 1827 カラー版 絵の教室 安野光雅
- 1103 モーツァルト H・C・ロビンズ・ランドン 石井宏訳
- 1585 オペラの運命 岡田暁生
- 1816 西洋音楽史 岡田暁生
- 2009 音楽の聴き方 岡田暁生
- 2395 ショパン・コンクール 青柳いづみこ
- 1477 銀幕の東京 川本三郎
- 2325 テロルと映画 四方田犬彦
- 1854 映画館と観客の文化史 加藤幹郎
- 1946 フォト・リテラシー 今橋映子
- 2247 2248 日本写真史(上下) 鳥原学
- 2425 カラー版 ダ・ヴィンチ絵画の謎 斎藤泰弘

中公新書

## 教育・家庭

m1

- 1136 0歳児がことばを獲得するとき　正高信男
- 2277 音楽を愛でるサル　正高信男
- 1882 声が生まれる　竹内敏晴
- 1403 子ども観の近代　河原和枝
- 2218 特別支援教育　柘植雅義
- 2004 2005 大学の誕生（上下）　天野郁夫
- 1249 大衆教育社会のゆくえ　苅谷剛彦
- 2006 教育と平等　苅谷剛彦
- 1704 教養主義の没落　竹内洋
- 2149 高校紛争 1969-1970　小林哲夫
- 1884 女学校と女学生　稲垣恭子
- 1955 学歴・階級・軍隊　高田里惠子
- 1065 人間形成の日米比較　恒吉僚子
- 1578 イギリスのいい子 日本のいい子　佐藤淑子
- 1984 日本の子どもと自尊心　佐藤淑子
- 416 ミュンヘンの小学生　子安美知子
- 2066 いじめとは何か　森田洋司
- 1942 算数再入門　中山理
- 986 数学流生き方の再発見　秋山仁
- 2424 帝国大学——近代日本のエリート育成装置　天野郁夫

## 地域・文化・紀行

t 1

## 地域・文化・紀行

t 2

| | | |
|---|---|---|
| 560 | 文化人類学入門（増補改訂版） | 祖父江孝男 |
| 741 | 文化人類学15の理論 | 綾部恒雄編 |
| 2315 | 南方熊楠《みなかたくまぐす》 | 唐澤太輔 |
| 2367 | 食の人類史 | 佐藤洋一郎 |
| 92 | 肉食の思想 | 鯖田豊之 |
| 2129 | カラー版 地図と愉しむ東京歴史散歩 | 竹内正浩 |
| 2170 | カラー版 地図と愉しむ東京歴史散歩 都心の謎篇 | 竹内正浩 |
| 2227 | カラー版 地図と愉しむ東京歴史散歩 地形篇 | 竹内正浩 |
| 2346 | カラー版 地図と愉しむ東京歴史散歩 お屋敷のすべて篇 | 竹内正浩 |
| 2403 | カラー版 地図と愉しむ東京歴史散歩 地下の秘密篇 | 竹内正浩 |
| 2335 | カラー版 東京鉄道遺産100選 | 内田宗治 |
| 2012 | カラー版 マチュピチュ—天空の聖殿 | 高野　潤 |
| 2327 | カラー版 イースター島を行く—モアイの謎と未踏の聖地 | 野村哲也 |
| 2092 | カラー版 パタゴニアを行く | 野村哲也 |
| 2182 | カラー版 世界の四大花園を行く—砂漠が生み出す奇跡 | 野村哲也 |
| 1869 | カラー版 将棋駒の世界 | 増山雅人 |
| 2117 | 物語 食の文化 | 北岡正三郎 |
| 415 | ワインの世界史 | 古賀　守 |
| 1835 | バーのある人生 | 枝川公一 |
| 596 | 茶の世界史 | 角山　栄 |
| 1930 | ジャガイモの世界史 | 伊藤章治 |
| 2088 | チョコレートの世界史 | 武田尚子 |
| 2361 | トウガラシの世界史 | 山本紀夫 |
| 2229 | 真珠の世界史 | 山田篤美 |
| 1095 | コーヒーが廻り世界史が廻る | 臼井隆一郎 |
| 1974 | 毒と薬の世界史 | 船山信次 |
| 2391 | 競馬の世界史 | 本村凌二 |
| 650 | 風景学入門 | 中村良夫 |
| 2344 | 水中考古学 | 井上たかひこ |